JN069520

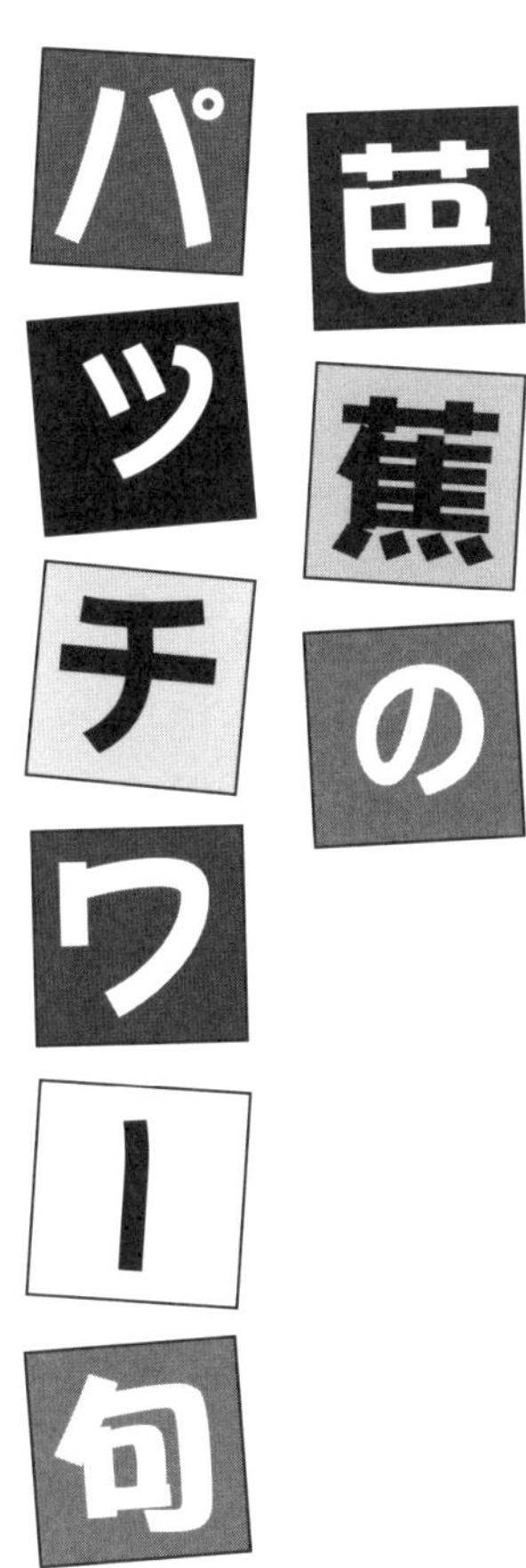

西條 登志郎
SAIJO Toshiro

文芸社

もくじ

はじめに

私が俳句に出会ったのは、小学校で習った妙好人（浄土真宗の篤信者）の加賀の千代女の「朝顔に釣瓶とられてもらひ水」の一句でした。俳句とは、人の優しさを表現する歌なのかと錯覚していました。成人しても、生業に精を出すことに専念し、気がついたらもう八十路というあっという間の時が経過してしまいました。しかし、折に触れては、求道の句や詩は、時折拝見しておりました。元来私は罪深いひねくれ人間ですから、花鳥風月よりも人恋しい方であります。

俳句に限らず、事に当たってはそれなりの心構えというものが必要なのでしょうが、私は、どうも基礎をしっかり学ぶという精神が欠如しているようで、物の深淵を訪ねることが苦手です。ですから、俳句にしても、大切な季語より熟した人の心の季語に憧れてしまうタイプです。

ところがこのたび、米寿を記念して遊行の旅に出かけようと思い立ちました。空海・行基・空也・一遍が行った遊行も、現代的に解釈すれば芭蕉も山頭火も放哉も皆、遊行期を全うされた方々でしょう。

しかし、能なしの私が、ふと遊行をしたいと思ったのはいいが、お経も俳句も知らないし、体力もない上にコロナが出足を遮って、柄でもないことはするなということかと、まともな遊行はひとまず棚に上げて、古代ギリシャ・ローマの時代からある文字遊びとしてのアナグラムを、芭蕉に付き合っていただくことにいたしました。

日本のいろは歌もその一種だそうです。一つの意味ある単語の文字の配列を、バラバラにして並び替えて、別の意味ある単語や文に作り替える遊びです。

いろいろなお方の歌、俳句を触ってみたところ、芭蕉の句は、もみくちゃにしても、されるほど人を引き込んでしまう魔性のような引力を持っていることが判りました。私もこの魔の池に吸い込まれてしまった一人なのです。

私は、このアナグラムという言葉を知りませんでしたが、日本でも「新いろは歌」を多くの方が作られていることは承知しておりました。

私が俳句を詠めないのは、頭が悪いからなんです。無限とも思える音から十七文字を引き出すなんて神業です。頂いた十七音の方が楽なんです。だから、誰かが作るのと同じ句ができるのも大変面白いのです。老人向きなんです。やってみてください。

これをパッチワークならぬ〝パッチワー句〟と言っています。なにも、俳句でなくてもよろしいのです。例えば、年賀状などで「今年もよろしくお願いいたします」。これは俳句ではありませんが十七音です。

銀座の三越のライオンも、コロナでマスクをしています。お正月の獅子舞の音色に応えて早速パッチワー句してみました。

良い音色獅子もしたとこマスク顔

お正月が〝お笑月〟となります。皆様の作品を楽しみにしております。

お断りしておきますが、パッチワー句ですから、俳句の制約は受けません。季語はできればあった方がいいのですが、むしろ私は心の季語が感じられれば上出来だと思っております。

あと一字でも直せればというのも、随分あります。でも上の句とか、下の句を直せばというわけにはいきません。一字のためにすべてを諦める覚悟が必要です。

また、長時間の関わりは、猫背から来る自律神経失調症がついてきます。くれぐれもご注意ください。

この本をご覧頂くにあたって

まず一行目は芭蕉の句でありますが、原則として現代読みの仮名使いにしてあります。
二行目は、その解説ですがこの本は、芭蕉の俳句を味わうことを主眼としたものではありませんので概略に留めてあります。角川文庫『芭蕉全句集』雲英末雄、佐藤勝明両先生の訳注を参考にさせて頂いております。三行目は、芭蕉の句をアナグラム化した句です。
四行目は、その解説です。

三行目の句は、私が「パッチワー句」と称しているものです。「パッチワーク」とは、お気に入りの布を切り継いでバラエティーに富んだ面白い一枚の布として楽しむもので、それに因んだものです。

このたびは、求道の俳聖とも称される芭蕉の句を拝借させて頂きましたが、決してその精神性を損なうようなことは意図しておりません。その魂の断片の一字一字に敬いと祈りをもって当たったつもりです。

言い訳好きな私にとって幸いなことに、できあがったパッチワー句は、俳句としての批評に堪えるものではありません。これは、俳句ではないのです。制約が多すぎて、悪戦苦闘する割合には満足いくものは少ないのです。しかし、何とか自分でできたと感じる時の自己満足の喜びは一入(ひとしお)のものがあります。暗黒の世界に一条の光を探す感じです。鉱石から、ダイヤモンドが出た感じに似ています。しかし、ダイヤモンドと同様に、磨きが必要なのは申す迄もありません。本書のパッチワー句も、俳句の達人にかかれば、磨きがかかることは必定だと思います。

この本は、読者の皆様がお笑い下さると共に、作者になられること念願としています。原句が旧仮名使いの場合は、現代の発音通りローマ字読みに修正することから始めます。「ばせを」は「ばしょう」、「けふ」は「きょう」、「ねがひ」は「ねがい」、「かほる」は「かおる」、「おもむかむ」は「おもむかん」、「におひ」は「におい」、「いざよひ」は「いざよい」、「まへ」は「まえ」、「あはれ」は「あわれ」等々。

次に、助詞で使う「わたくしは」の「は」の字とか、「どこどこへ」の「へ」の字は、同じく原則として助詞にしか使いません。前項で字を現代の発音通りに修正してと申し上げましたが、助詞については例外で、「字」優先で作りました。

小文字は、その上の普通の文字と切り離しては使いません。仮に「ちゃっと」という具合のように小文字が二つある場合でも「ちゃっ」と「と」の二文字で作るしかありません。俳句のように、促音の「ッ」を一文字として数えますが、原句に属している普通文字から切り離しては使いません。

例えば、原句「まって」を「きって」という具合には、使いません。「まったく」とか「こまった」などの場合に使います。普通文字は小文字がついていない場合にのみ単独に使います。

※パッチワー句の変化を確かめたり、パッチワー句をやってみたい方に

変わり様を確かめる場合は、原句を現代の発音に直して書いてから、パッチワー句の字を消してくだされば、確認できます。もし、パッチワー句をお作りになる場合には、厚手の紙を縦横二センチ角か少し縦長の長方形に切ったものを用意して、原句を一音ずつ書き込んでから、バラバラにしてください。ひらがなの場合は「い」と「こ」、「へ」と「く」、「う」と「ろ」の違いを注意してください。厚紙の上部にラインを引くと良いと思います。

厚紙を作る場合は、「は」という字の場合、はの字の上に「WA」という字を書いたものと、「HA」と書いたものの二種類、同様に「へ」という字の場合も、「へ」の字の上に「E」と「HE」と書いたものの二種類用意されると便利です。促音用、拗音用、濁音用の厚紙も必須でしょう。きゃ、きゅ、きょ等、随時作る必要に迫られます。

パッチワー句をされる時は、有名な句か、有名人の句などがよろしいかと思います。季語は、制約が多いため、俳句のように必須という訳にも行きませんが、遊びでも、原句のイメージを壊すようなものは、パッチワー句の素敵な仕上がりに背くので、微笑ましい程度がよろしいかと思います。

なお、便宜上句の上には、角川文庫『芭蕉全句集』に付けられた通し番号を拝借させて頂いておりますが、１２０番に「古池や」の句があります。パッチワー句は、句によってかなりの数ができるという見本

として二句載せてあります。また、１５２番、２８８番、３６８番、４７８番についても、読み方が二通り伝承されているため、どちらにも対応できるようにという思いで二句載せてあります。

また、３６８番については、馬のおしっこを「ばり」とするか、「しと」とするか学術的に説が分かれていますので、私は、感覚的に分けました。雄馬を「ばり」雌馬を「しと」と分けました。お好きな方をお取り下さい。なお、９８４番以降は、私が勝手に芭蕉の句とおぼしき句を拾って付け足したものであります。


俳句の表記の仕方は、ここではあえて五・七・五ごとにスペースを入れています。

そして芭蕉の句には、差別に当たるとして現在では使用しない言葉も含まれていますが、当時の作品ですのでそのまま掲載しています。ご了承ください。

すみれの章

1

天秤（てんびん）や　京江戸かけて　千代の春

京都と江戸の春を天秤に掛けても、案配よくつりあっている。

〔海老天井　賭けてはやる　京の地よ

約束の日までに京に着くかどうか、海老天井をご馳走すると賭けたのでなんとなく気がせいてしまう。〕

2

庭訓（ていきん）の　往来誰（た）が文庫より　今朝の春

寺子屋の教科書（庭訓往来）は、誰が一番に開けるかな。

〔起きてがらり春　インコの叫ぶ　唄の余韻

春爛漫（らんまん）、庭訓をインコもまねをしているのか、懸命に叫んでいる声が耳に残る。〕

3

かびたんも　つくばはせけり　君が春

将軍様の御威光に、這いつくばる甲比丹（カピタン）のご様子。

〔びりけんも　つくば馳（は）せたか　君が春

ビリケンは、アメリカのウィリアム・ハワード・タフト大統領の愛称。〕

4

発句也　松尾桃青　宿の春

発句の宗匠、芭蕉の旗揚げの意気込み。

〔踊るや　発句の桃青　花まつり

折しも花まつりです。旗揚げの記念に桃青さん、一踊りしませんか。〕

5

於春々　大いなる哉　春と云々

ああ、春や春、大いなるかな春と、賛美された如く、めでたい春である。

〔春るんるんと　香るああ花　犬花追う

春の花香る野に犬を放したら、大はしゃぎで花の香を追うように走って行った。〕

6

元旦や　おもえばさびし　秋の暮

大晦日の騒がしさと変わって、元旦の静かさの違いは、秋の寂しさにも似ている。

〔秋晴れや　恩師が旅の　衣紋咲く

恩師が郷里に帰るというので、弟子たちが正装して集まった。〕

7

はる立つや　新年ふるき　米五升

立春となったわが庵には、去年からの米が五升もある。

〔春たつや　不幸年初知る　忌ご免

年初の挨拶に伺いましたが、急な天国への旅立ちとは知らず失礼いたしました。〕

8

誰(たれ)やらが　形に似たり　けさの春

新年になり衣服を整えると、やはりさまになるかな。

〔彼似たり　やたらに吝(けち)が　春の沙汰

正月だというのに、先代に似たのか、何の用意もしていないとは。〕

9

二日にも　ぬかりはせじな　花の春

元旦の日の出は、酔っていて見られなかったが、今日はぬかるまいぞ。

〔船乗りに　母泣かせるも　実吐かぬ

船乗りになりたいと母を泣かせたが、私は親離れしたいのが本当の理由。〕

10

春立て（たち）　まだ九日の　野山哉

春になって、そこそこの野山だが、冬の名残の中にも、春の姿が感じられる。

山の手の　細（こま）かか棚田　東風（こち）の春

見上げる山の上から谷の方まで手の込んだ棚田に、爽やかな風が吹いている。

11

元日は　田毎（たごと）の日こそ　恋しけれ

恋しい更科（さらしな）の田毎の名月が忘れられない。この元旦には是非田毎の初日を見たいものだ。

凧梯子（たこはしご）　それ元日の　一稽古

子供は凧あげ、大人たちは梯子乗りのお稽古か。

12

うたがうな　潮（うしお）の花も　浦の春

清らかな白波が、この二見が浦の春を祝っていることよ。

疑うの　卯（う）の花知らな　春想う

卯の花は、私があの人にしか言ってない秘密を、誰にも喋（しゃべ）っていないといいが。

13

おもしろや　ことしのはるも　旅の空

楽しいね、今年の春もきっと旅をしていることだろう。

「そもおらも　春の旅しや　年の頃
私も、そろそろ世の中を見に、旅をしたいものだ。」

14

薦(こも)を着て　誰人(たれびと)います　花のはる

この素敵なお正月に、どなたがお薦(こも)さん姿でおいでになりましょうや。

「いまはると　蓮(はす)の薦着て　旅なれを
ここにもいますよ、粗末な衣服だが、蓮の糸で織った極上の衣のつもりで慣れた旅支度をしようとする　酔狂者は。」

15

年々(としどし)や　猿に着せたる　猿の面

毎春やって来る猿回しのお猿の顔に、猿のお面をつけたらどうなるやら。

「年の猿　宿るにしたき　猿責めん
新年、働き詰めの猿がここで休みたいのに、もっと安い所を探すという主人と折り合いがつかないでいる。」

16

門松や　おもえば一夜（いちや）　三十年

一夜の違いで、程遠い昔のように感じられる暮れと新年だ。

姉（ねえ）やんば　お産十一も　門松や

十一歳の弟も男だから、入り口で門松になって立っててくだされ。

17

幾霜（いくしも）に　心ばせおの　松かざり

月日を重ねた霜の冷たさにも、したたかに耐える松に、私もあやかろう。

視座つくり　今に芭蕉（ばせお）の　心かも

ものの見方も今更ながら、芭蕉の歩んだ心の道行きを学びたい。

18

春立つと　わらわも知るや　かざり縄

藁（わら）で作った注連縄（しめなわ）を見れば、子供でも正月だと解（わか）る。

変わらざる　春も渡しや　罠（わな）と釣り

この春もいつもの渡し場で、罠や釣りで魚を捕るつもりだ。

19

餅を夢に　折り結ぶしだの　草枕

何もないこの庵で、しだで作った枕で、餅の夢でも見るとしようか。

〔夢間に抱（だ）く　熨（の）し折りを結ぶ　桜餅

夢にまで見たあの桜餅だから、お相手に喜ばれるだろうと、折箱にのしを付けた。〕

20

餅花や　かざしにさせる　嫁が君

小正月に作る繭の飾り玉を、鼠（ねずみ）が欲しがっているのかな。（嫁が君＝鼠）

〔夜話（よばなし）に　座持ちが咲かせ　極（き）める闇

夏の夜の怪談話を、話のうまい座持ちがよりこわごわと話すものだから、段々と真剣に怖がってしまった。〕

21

誰が聟（むこ）ぞ　歯朶（しだ）に餅おう　牛の年

丑年（うしどし）の正月に、歯朶や餅をつけた牛を追うあの人はどこの聟かな。

〔獅子たちが　菰（こも）負う牛に　呑（の）むぞだと

正月の獅子舞たちが、牛の菰被りを見て呑みたいと言い出した。〕

22

蓬莱（ほうらい）に　聞かばや伊勢の　初便り

蓬莱飾りを前にしていると、伊勢からの初便りを聞きたくなる。

［いい果報　だらりや木場の　初寄せに］

いい知らせだ。芸妓さんたちも、木場の集まりに呼ばれているようだ。

23

年は人に　とらせていつも　若夷（わかえびす）

恵比寿様を描いた祝い物の絵札を買ったが、絵は年をとらないで若々しい。

［年も一つ　若いとて背は　海老にすら］

君に一つ若いと言われても、体つきは君の背中よりは一寸曲がってしまったかな。

24

叡慮（えいりょ）にて　賑わう民の　庭竈（にわかまど）

仁徳天皇が、庶民の暮らしぶりをお慶びくだされている。

［谷間見え　川漁に　土手の賑わい］

谷間の土手に人が集まっているのを見ると、川で何か漁をしているようだ。

25

大津絵の　筆のはじめは　何仏

年初に描かれる仏様の大津絵は、どんな仏様でしょうか。

初めのは筆　杖仏（つえぼとけ）　尚鬼の

最初は筆の広目天、次は錫杖（しゃくじょう）持った仏様、次は鬼の絵がいいですね。

26

子（ね）の日しに　都へ行かん　友もがな

子の日の遊びを、都で誰か一緒にやる友はいないものかな。

濃し闇の　中へももんが　ひゆと寝に

闇の中にももんがが、どこからともなく飛んできた。おそらく寝に行ったのだろう。

27

かなしまむや　墨子（ぼくし）芹焼（せりやき）を　見ても猶（なお）

白糸の染まるのも悲しんだ墨子が、芹が焼かれるのを見ても悲しむかな。

気を萎（しぼ）む　山背哀しや　実も無くて居り

冷たい湿った風が吹いて、せっかくの稲がだめになってしまった。

28

我がためか　鶴はみのこす　芹の飯

私のために食べ残してくれたのか。芹の飯、ごちそうさん。

「交わす目が　鶴は身のため　芹残し

鶴の目が、飛ぶために十分ご馳走になりましたといっています。」

29

よもに打つ　薺（なずな）もしどろ　もどろ哉

あちらこちらで、なずなを打っていて、その不揃いが面白い。

「薺にも　霜泥なども　付かろうよ

ぺんぺん草などと邪険に言わないで。」

30

ふるはたや　なづなつみゆく　おとこども

荒れた畑に、なづなを摘んでいる人がいる。

「行く春や　鮒（ふな）どこも見た　夏訪づ

鮒がどこでも見られる夏になりました。」

31

蒟若に　きょうは売り勝つ　若菜哉

七草粥のために、こんにゃくより若菜の方が売れ行きがいい。

何か食う　釣りは今日川　にゃんこかな

にゃんこよ、今日の釣りは川だから、ついて来るのかい？

32

一とせに　一度つまるる　菜ずなかな

なずなは七草の日、一度だけのご用です。

いつ散ると　背戸にひまとる　なずなかな

なずなはご用済みと思われても、家の裏でのんびり生えています。

33

盛りなる　梅にす手引く　風もがな

梅にも多少ご遠慮召され、お風どの。

盛りなるも　雛風邪です　梅が憎

梅は風に強いからうらやましい。いま内裏様はお風邪です。

34

我も神の　ひそうやあおぐ　梅の花

道真公も天を仰いで嘆じたように、私も梅を見て感嘆しました。

> 孟宗（もうそう）の　青み割れ花の　かぐや姫
>
> 青々とした孟宗竹が割れて、かぐや姫が現れるのではないかと妄想するくらい、りっぱな竹であることよ。

35

此（この）梅に　牛も初音と　鳴きつべし

天満宮の鶯（うぐいす）に誘われて、牛も鳴き出すことでしょう。

> べこ初音　梅にのししつ　もうと鳴き
>
> 散った梅に、巨体でゆのしをしつつ、牛ももう春だと鳴きました。

36

梅柳　さぞ若衆（わかしゅ）哉　女かな

梅のいでたちが若衆なら、柳はさしずめ遊女かな。

> 顔斜め　なんぞ若衆（わかしゅう）　柳傘
>
> 憂い顔の柳が、何で若衆なものですか。若衆の傘持ちのお役目ですよ。

37

旅がらす　古巣は梅に　成りにけり

風天の寅（とら）ならぬ、鳥の古巣が梅とは結構。

梅に鳴けり　すは駿河（するが）に　ふらり旅

梅の鶯が、富士山がいいよと言うから、ちょこっと行ってきます。

38

初春（しょしゅん）先ず　酒に梅売る　匂いかな

初春のうまい酒に梅の香りとは、言うことなし。

殊勝かな　出づるおん目に　酒旨煮

お正月の酒売りが来たので出て見ると、旨煮も目に入り殊勝なことだ。

39

世に匂え　梅花一枝の　みそさざい

荘子の教えのように、徳のある人が多く現れてほしいものです。

十六夜（いざよい）の　さみし一家に　そば匂え

十六夜が過ぎて寂しくなるように人が少なくなった一家に、励ましの新そばを届けました。

40

梅白し　昨日や　鶴を盗まれし

訪ねた家の白梅の見事さに、つい庭に鶴がいたらと冗談を言ってふざけました。

【白き家の　留守をぬし待つ　梅うれし】

梅が真っ白に咲き、じきに主が旅から帰ると聞いて、梅はさぞ本望であろう。

41

るすにきて　梅さえよその　垣穂かな

友の留守に訪ね、素晴らしい梅を褒めたら、梅に隣の木だと言われた。

【清き梅に　手添えな素の　顔栄る】

清い梅にそっと手と顔を添えてごらん。素の顔が栄えてきたでしょう。

42

さとのこよ　梅おりのこせ　うしのむち

牛の鞭にする梅の枝を、少し残してくだされ。

【覚めり子の　おとうの牛の　鞭よこせ】

寝て起きた子供が、牛の鞭をよこせとだだをこねている。

43

わするなよ　藪の中なる　梅の花

藪の梅を目印に、またのお越しを。

〔菜の花や　嫁の名わする　うぶなるか

菜の花が咲く頃になってもなかなか嫁の名を呼べず、忘れたのか恥ずかしいのか。〕

44

あこくその　心もしらず　梅の花

紀貫之の幼名の頃、詠んだ詩の心も知らず咲き誇る梅たちです。

〔木の葉もう　静心なく　雨の空

せっかくの紅葉なのに、乱暴にも強い雨足で散らそうとしている。〕

45

香ににおえ　うにほる岡の　梅のはな

泥炭を掘る臭いのする岡にも、梅の花が咲いている。

〔岡煮える　ほのかに匂う　梅の花

泥炭の採掘場の強い臭いにもかかわらず、この梅の花は頑張っております。〕

46

梅の木に　猶やどり木や　梅の花

梅の木に、接ぎ木をして見事なものに仕上げました。

萩（はぎ）の宿　猶梅なりや　梅の木に

梅の木にいろいろな木を接いで、一体何の木といえば良いやら。

47

御子良子（おこらご）の　一もとゆかし　梅の花

巫女（みこ）さんたちの館の脇に、何とも慕わしい梅の木が一本ありました。

人の腰　思うはなから　夢のごと

御老体の腰の曲がりを自分には夢事と思っていたが、あっという間に自分の腰も曲がってきたようでびっくりしました。

48

手鼻かむ　音さえ梅の　さかり哉

お上品なお手鼻の音、ご想像召され。

酒（ささ）飲む場　夫婦（めおと）かなうて　帰りかな

コロナが少し下火になり、夫婦になって初めて、お舅（しゅうと）さんの目を盗んで外で一杯やっての帰りです。

49

暖簾(のうれん)の　おくものぶかし　北の梅

暖簾の奥の方に北の庭があり、梅が咲いているのが見えた。

> 梅の木の　暖簾(のれん)もうぶか　奥の下
>
> 部屋の奥を見ると、可愛らしい梅を画いた暖簾がかかっていました。

50

紅梅や　見ぬ恋作る　玉すだれ

紅梅の咲くお屋敷の玉すだれの奥には、花に負けない美女がいることだろう。

> 紅梅や　吊(つ)る御簾(みす)まくれ　ただ小犬
>
> 殿は梅を見に出られ、御簾の中には退屈そうな子犬が待っていた。

51

梅が香や　しららおちくぼ　京太郎

梅の花咲くおうちの中では、御伽草子(おとぎぞうし)を読み耽(ふけ)る姫君がいるのかな。

> うちから　ぼろくた応挙が　恨めしや
>
> 我が家の祖先が残したと思われる絵を骨董屋に見てもらったら偽物と分かり、家族一同体調不良になった。
>
> ぼろくた＝ぼろくそ。出雲地方の方言。

52

梅若菜　まりこの宿（しゅく）の　とろろ汁

これからの旅は、目や口の楽しみがあるんです。

> **この庫裡（くり）の　梅酒交わる　とろろかな**
>
> お寺のお台所では、お施餓鬼に出されるお支度が調いました。

53

山里は　万歳（まんざい）おそし　梅の花

正月とはいえ、この山里までは、万歳もなかなかやって来ないが、見事な梅の花が咲き誇っている。

> **梅三昧　外様（とざま）の花　早や遅し**
>
> 時期はいくら万歳だとしても、今は梅一色ですから、少々駆けつけるのが遅れてしまった。

54

月待ちや　梅かたげ行く　小山ぶし

月待ちの催しを前に、どこに招かれたのか梅の木を担いで若い山伏が通る。

> **月梅湯　下戸やや待たし　歌舞く町**
>
> 月待ちの宴に来たのはいいが、月も梅も般若湯の用意もまだで、酒が飲めない女子供も大分待たせて、やっと御神輿（おみこし）があがりました。

55

かぞえ来ぬ　屋敷屋敷の　梅やなぎ

どの家にも梅や柳が庭にあって、素晴らしい屋敷町だこと。

梅の香や　きぬ着し屋敷　えぞ柳

梅を見にお屋敷に招かれて上がったら、素晴らしい着物の方々と、えぞ柳も出迎えてくれました。

56

人も見ぬ　春や鏡の　うらの梅

気にもとめていなかったが、鏡の裏にも梅の花咲く春が彫られてありました。

野良秘めぬ　耳元の春　窺（うかが）うや

野良に耳を近づけて、春だ春だと虫たちに知らせました。

57

蒟蒻（こんにゃく）の　さしみもすこし　梅の花

故人の好きだった刺身蒟蒻（こんにゃく）と、梅の花の一枝を手向けました。

子の相撲　般若目さみし　残しなく

子どもたちの相撲で寄り切られ、今にも泣きそうな顔をしていた。

58 春もやや　けしきととのう　月と梅

朧月夜の下でやっと梅の花も咲きだし、春の景色の競演となりました。

ととのうや　受け持つや春　ときめきし

春の支度が間に合うか、梅も月も心配しつつ、心躍る昨今です。

59 梅が香や　見ぬ世の人に　御意を得る

梅の香りの中で、ふと昔の貴人と梅の素晴らしさについてお話しができ、お近づきになれた気がしました。

見ぬ人の　良か御意をや　梅がうるに

知らない人にまで、梅の私を褒めていただいて、ウルウル顔になりました。

60 梅が香に　のっと日の出る　山路かな

梅の咲き誇る山路をゆくと、ほわっと太陽が顔を出しました。

乗っかると　何かが「ひ」の字　馬愛（め）でや

馬にまたがり、自分の下半身が逆のひの字になりました。

61

梅が香に　昔の一字　あわれ也（なり）

過ぎ去った一年とはいえ、梅の香にありし日の貴方のお子さんのことを思い偲んでおります。

雨がなし　地割れに向かい　農家散り

雨も降らず、地割れも始まり、皆農家は離散してしまったのか。

62

梅が香に　追いもどさるる　寒さかな

残っていた寒さも、梅の香に押し戻されるようだ。

寒がるな　いかにも踊る　梅逆さ

そう寒がるなよ。梅は宙返りするほど元気だよ。

63

餅雪を　しら糸となす　柳哉

柳の枝に餅雪がかかり、白糸餅ができました。

梨ないや　ゆらすと柿を　ちともぎな

梨はもう終わりだよ、食べるなら柿が木に残っているから食べていいよと近所の人に言われた。

64

あち東風(こち)や　面々(めんめん)さばき　柳髪

東風が吹き、長い髪を梳(す)くように、柳の枝がなびいている。

柳芽が　道小さき晩　菖蒲(あやめ)紺

初夏の小道に柳が芽を出し、夜は紫の菖蒲は紺色に見える。

65

うぐいすを　魂(たま)にねむるか　嬌柳(たおやなぎ)

美しい柳から鶯の声が出ているが、柳の魂が鶯に乗り移ったのか。

うぐいすを　柳たたまる　寝む顔(かお)に

柳の布団に包まれて、眠たそうなうぐいすです。

66

古川に　こびて目を張る　柳かな

古い川のほとりに、媚(こ)びを含んだ柳が芽を膨らませている。

手を拭かや　なぎる琵琶湖に　亀離る

さんざ遊んで琵琶湖に戻って行った亀に、お別れして濡れた手を拭いた。

67

はれ物に　柳のさわる　しなへかな

しなやかな柳の葉が、腫れ物にでも触るようになびいている。（しなへ＝しなえ）

【花さへも　柳の河岸に　名乗るわれ

花街の柳橋で、花の名前のついた女たちが、お客に声をかけて賑わっております。（さへ＝さえ）】

68

から傘に　押しわけみたる　柳哉

雨の柳の枝を、唐傘で押し分けてみました。

【髪分けたるかな　柳に　顔さらし

もしかして、柳の髪を分けて顔を見せてくれるのではと……。】

69

八九間　空で雨ふる　柳哉

雨が止んだにもかかわらず、八九間も葉を拡げた大柳の雫がまるで雨のようにしたたり落ちて来る。

【八苦舐め　欠け袖振るや　凪（なぎ）あらん

苦しみ抜いて振る袖も失せてしまったが、きっと穏やかな日も来ることだろう。】

70

鶯や　餅に糞する　縁の先

縁先の餅の上に、うぐいすもお土産を置いていったか。

【鶯や　糞も木賃の　餌にする】
うぐいすの糞は高価なお化粧品、売って宿代の足しにしよう。

71

鶯や　柳のうしろ　藪のまえ

うぐいすも、舞台一面に唄で大サービス。

【うなぎ屋の　すぐ真後ろや　藪の家】
空腹なのに一層食欲ばかりそそられ、藪蚊は来るし、我が家はまるで、この世の縮図のような場所だ。

72

大比叡や　しの字を引いて　一かすみ

比叡の山頂から山裾にかけて、筆で「し」の字を書いたような霞が棚引いている。

【お慈悲やと　しの尾を引いて　比叡霞み】
仏法とは、こういうものだと、法が棚引くようにその姿で示されているような比叡だ。

73

春なれや　名もなき山の　薄霞

春ですね、どこのお山も、ほんのり霞がかかってきました。

花見やな　着物薄なれ　山駿河

花見頃になり富士山も半袖になったようだ。

74

辛崎の　松は花より　朧にて

辛崎の松は、そのうしろの桜より、まだぼんやりとかすんでいる。

丘登ろ　寺には祭り　早よ来なさ

唐崎の大通寺のお祭りに、早く行こうよ。

75

山は猫　ねぶりていくや　雪のひま

猫山の雪は、猫が身をなめ回したか、消えている。

熊はひね　小降りの雪や　今や寝て

あの年取った熊も、冬到来で冬眠に入ったことだろう。

76

獺（かわうそ）の　祭見て来よ　瀬田の奥

獺の祭りを、瀬田の奥で見てゆかれよ。

獺（おそ）の癖　見てまた来よう　川の釣り

釣りに来たけれど、かわうその方が面白いので、釣りは後日出直そう。

77

裸には　まだ衣更着（きさらぎ）の　嵐哉

増賀上人にあやかり、裸になりたいが、二月の寒さは重ね着をしたいくらいだ。（衣更着＝二月）

錦から　肌着はまだか　奈良の朝

三条大后殿上人は、まだ奈良の多武嶺（とうのみね）におられるので、錦の衣を脱いで尼になるのは一寸お待ちを。

78

花の顔に　晴れうてしてや　朧月

美しい花の姿に、気後れしたか、お月様。

ぼろ気付かな　母のお手にや　逢（お）うて知れ

いろいろ失敗したことを、母は知らないと思っていたところ、会って話を聞くと、すべてお見通しであったことに驚かされました。

79

春の夜や　籠(こも)り人(ど)ゆかし　堂の隅

春の夜のお籠もり、どうぞ願い事が叶いますように。

籠り殿　寿司屋か早よう　喉緩み

お酒あがらぬ神はなしだが、今日のお籠もりさんは寿司屋じゃないか願い事が多くて、神様はなかなかお酒が飲めないでいる。

80

春の夜は　桜に明けて　しまいけり

夜の明けるまで、夜中桜にかまけて、お遊びのようで結構。

春嵐　今朝生野にて　浜よけり

今朝、生野を出立するが、この嵐で海の方は危ないから避けて行こう。

81

枯芝や　ややかげろうの　一二寸

枯れた芝の上に、少しかげろうが立っている。

やれやいの　下知か安かに　老婆心

姑(しゅうとめ)が嫁の買い物に強制したり、それは高すぎるとか何かと口を出し、よく言って老婆心か。

82

大六に　かげろう高し　石の上

かつて置かれた大仏の、石の台座に陽炎が立って在りし日の尊像のお姿が偲ばれる。

【六条か　かげろうにした　石の上】

京都の六条河原で処刑された亡霊が、河原の石から出て来やしまいか。

83

かげろうの　我が肩に立つ　かみこかな

紙子を着た私の肩の辺りからも、陽炎が立っているような気がする。

【陽炎の　立つか紙子が　何か綿】

紙子が膨らんで、綿入れのように感じられるのは、かげろうのせいか。

84

糸遊に　結びつきたる　煙哉

陽炎が、室の八島の煙と一緒に立ち上がってゆく。

【言うすきに　飛び立つ煙　ゆるむかな】

陽炎が立ち上ったと思ったら、緩んで見えなくなってしまった。

85

かげろうや　柴胡(さいこ)の糸の　薄曇り

かげろうの立つ中、翁草の羽毛も、もやっとしている。

［うぐいすや　恋のかげろう　森の里］

春の、のどかな風景。

86

笠寺や　もらぬ崖(いわや)も　春の雨

再建された笠寺にも、春の雨が降っていることでしょう。

［笠も乗る　早や雨もらぬ　崖(いわや)寺］

雨に濡れた観音様に笠を掛け、そのお陰で良縁を得、お礼にお堂を寄進させていただきました。

87

春雨の　こしたにつたう　清水哉

この清水は、春雨が花のしずくとなり、木の下を伝わってきた水なんだね。

［越し坂の　湛(たた)うる清水　目に放つ］

坂を下ってきて、目にしたものは、青々とした清水だった。

88

不性さや　かき起されし　春の雨

春の長雨で人に抱き起こされるまで、だらしなく寝込んでしまった。

朝早き　亀の勝負し　起こされる

亀さんと勝負しましたが、やはり私は兎さんでした。

89

春雨や　蜂の巣つたう　屋根の漏(もり)

春の長雨に、屋根からの水が、蜂の巣を伝わって落ちてきた。

目の張りや　猿も巣の蜂　屋根伝う

猿は屋根の下にある蜂の巣を知っていて、屋根の上を伝わってゆきました。

90

春雨や　蓬(よもぎ)をのばす　草の道

春雨が、蓬をどんどん伸ばしてくれる。

春覚めよ　道端の巣をも　山羊(やぎ)の草

春が来ました。鳥の巣も、山羊の草木も春を喜んでいます。

91

春雨や　蓑吹きかえす　川柳

雨風に揺れる川辺の柳が蓑に当たり、人が吹き戻されているようだ。

川柳　蕗の早覚め　蛙住み

蕗のとうも早速顔を出し、いよいよ春の風情も整ってきたようだ。

92

畑打つ　音やあらしの　さくら麻

桜麻の種まきのため畑打ちする音が、桜を散らせる嵐のように荒々しい。

唐の桜　サハア辛や　開けし夕オ

この忍土の闇を洗わんと、この日本へ来られた鑑真和上は例えるならば唐の桜花でありましょう。人の心の闇を正し、行くべき道を人々に伝えてくれました。

（サハア＝苦しみの多いこの世）

93

種芋や　花のさかりに　売りありく

花の盛りに、どろんこの種芋を売り歩いている。

売り買いも　策に当たり値　早名乗り

魚河岸のせり。気合いもあれば、息のあう時も、早い者勝ちもある。

94

春雨や　ふた葉にもゆる　茄子種(なすび)

小さいながらも、雨の中をこの茄子床の種から蒔(ま)いた二葉がバンザイしている。

何指すも　ねだるるはめや　指二葉

具合の悪いところを女房に見られ、何を買われてもだめだと言えなくなって、女房の指はＶ字型なり。

95

此のたねと　おもいこなさじ　とうがらし

小さい種と侮らないでください。やがて辛い唐辛子になります。

起こさない　殿もう寝たと　白髪(しらが)居士

うちの御老体は、もう寝てしまったものとして起こさないでくれ。

96

はつうまに　狐のそりし　頭(あたま)哉

剃髪(ていはつ)のお医者様に、お稲荷(いなり)さんの狐に剃(そ)ってもらったのですかと冗談を言った。

頭貸し　僧に泣き真似　角(つの)はつり

奈良の鹿が角を切り落とされつつ、ここは寺の中だろう、殺生なことをしないでくれと、横になりながら、側(そば)行く僧に泣き真似をしているようだ。

97

水とりや　氷の僧の　沓（くつ）の音

お水取りの張り詰めた寒さの中を、僧の沓音が響く。

鳳（おおとり）や　その詔（みことのり）　角疼（つのうず）く

天上界からの響きは胸に篤く心にしみ、ともすると鬼のような角ばった心で過ごしている自分の心が痛む。

98

神垣や　おもいもかけず　ねはんぞう

神域の近くで、思いがけず涅槃（ねはん）像に出会い、拝ませていただいた。

神舫（もや）う　出雲願掛け　沖ぞ跳ね

出雲の神社に大漁を祈願したところ、いろいろの神様に連絡を取ってくださったのか、大漁の予感がする。

99

猫の妻　へついの崩れより　かよいけり

業平さながら、竈のくずれた隙間から、猫は彼氏のところへ出かけました。

塀の連れより　毛作り通い　猫の妻

塀にいる遊び仲間と違って貞操観念のある私は、身だしなみを整えてから私の決めた猫ちゃんに会いに行くの。

100

麦めしに　やつるる恋か　猫の妻

麦飯に飽きたのか、それとも恋に身をやつしたのか、雌猫がやつれてうろついている。

〔麦の飯　にこやか丸るる　猫五歳（いつつ）

ご飯食べたかい？　猫殿も五歳になって、人間並みに丸みが出てきたようだね。〕

101

猫の恋　やむとき閨（ねや）の　朧月

猫の恋が止んで、寝間には朧月の光がさしている。

〔ぼろ屋根の　聞き病む音の　猫いづこ

ぼろ屋の屋根の上で喚（わめ）く音が行ったり来たり。一体どこの猫たちか。〕

102

まとうどな　犬ふみつけて　猫の恋

猫の恋に、間抜けな犬が踏みつけられるありさま。

〔まどうなと　犬の子見つけ　不貞猫

うろうろするんじゃないよと、悪たれ猫が犬の子を威嚇している。〕

103

雲とへだつ　友かや雁（かり）の　生き別れ

雁が北へ帰るように、友とも長いお別れになるか。

〔隔つとや　若い雁と鴨（かも）　雲の切れ

お別れが辛（つら）いけど、雲の切れた晴れ間に、若鳥を連れて飛び立つ時が来た。〕

104

盃に　泥な落しそ　むら燕（つばめ）

群れてゆく燕たちよ、盃に泥など落としてくれるなよ。

〔お珍し　そろとどかさむ　何椿（つばき）

おや、こんな所に鉢植えの椿が。一寸どかそうか。〕

105

はらなかや　ものにもつかず　啼（な）くひばり

広い野原で、どこにも止まらずに、ひばりが空高くに啼いている。

〔森暗や　ひばの香放つ　中に鵙（もず）

鵙が囀（さえず）りながら森の中に飛んで行ったと思ったら、ひばのいい香りがした。〕

106

永き日も　さえずりたらぬ　ひばり哉

日がな一日啼いているのに、雲雀はまだ啼きたらぬのか。

〔百舌ひらり　日がな餌張り　高鳴きぬ

雄の百舌が、餌を木に張り付け、恋の歌声を張り上げている。〕

107

雲雀より　空にやすらう　峠哉

雲雀が高く舞うよりももっと高い峠で、私は一休みしたのです。

〔空うすら　日陰に寄りや　馬頭なり

一寸日差しも弱くなり、日陰で一服。丁度馬頭観音も休んでいました。〕

108

ひばりなく　中の拍子や　雉子の声

雲雀の啼く合間に、雉子の声が拍子のように入る。

〔ひばり啼く　表紙のこの絵　雉子妬かな

雉子は声ではひばりに一目置くが、容姿では、この絵草紙の表紙でもわかるように負けていませんよ。〕

109

ちちはの　しきりにこいし　雉（きじ）の声

高野山で雉子の声を聞くと、両親を思い出すのです。

> 蜂　蜂の声　聞きし爺　この尻に
>
> このお尻を刺されたと叫んでおりました。お気の毒さま。

110

蛇くうと　きけばおそろし　雉の声

蛇も頂くと聞くと、雉子も一寸こわい気がする。

> 雉子食おう　子揃え聞けば　蛇の年
>
> 蛇も食べるという雉子を料理したところ、我が家に蛇年の子がいて複雑。

111

雀子（すずめご）と　声鳴きかわす　鼠の巣

雀の子と鼠の子と声合わせ、チュンチュン、チュウチュウ。

> 鈴なごみ　雀木の末　こわかとね
>
> 雀の子が梢（こずえ）に鈴なりになって遊んでいる。他の鳥が怖いのか。

112

ふるすただ　あわれなるべき　隣かな

旅立つ友の僧よ、残される隣家の私を、どうしてくれるつもり？

［忘れたる　古き壁穴　戸棚なり

この壁の穴かくしに戸棚を置いて、すっかり忘れてしまっていた。］

113

闇の夜や　巣をまどわして　なく鵆（ちどり）

巣に戻れなくなったか、暗い夜に千鳥が啼いている。

［休みなく　山を酔わして　千鳥どの

いい声で山の千鳥が鳴き続けて、このお山はさぞうっとりとしていることでしょう。］

114

おきよ　おきよ　わが友にせん　ぬるこちょう

起きて起きて、蝶々さん、私の友達になっておくれよ。（ぬる＝寝る）

［お背に来（き）ぬる　胡蝶が酔わん　良き万年青（おもと）

万年青（おもと）の世話をしていると、蝶々が背中越しに葉芸（はげい）の素晴らしさを褒めていった。］

115

蝶よ蝶よ　唐土(もろこし)のはいかい　問(とは)む

蝶々さん、中国では、俳諧ってやっているのかな。教えて。

モロコシノ　チョウハ　ハイカイ　チョトヨムヨウ

中国の俳諧は、蝶が聞いたところでは、一寸は詠むと訛(なま)った調子で言われましたと。

116

蝶の飛ぶ　ばかり野中の　日かげ哉

蝶ばかりが飛び交う野中に、陽光がふりそそいでいる。よく飛び回りますねぇ。

雲雀飛ぶ　野中の蝶か　影の中

ひばりが飛んで、ふと見ると、蝶々も陽光の中を負けずに舞っているようだ。

117

物好きや　匂はぬ草に　とまる蝶

何の匂いもしない草に、物好きに蝶が止まっている。

沼に竿(さお)　野鳥来るとは　物好きに

魚を釣っている竿の先に、物好きにも小鳥が飛んできた。

118

ちょうの羽の　幾度(いくたび)越ゆる　塀のやね

しきりと土塀の上を、蝶が行ったり来たりしている。

〔湯の旅の　早く来い寝る　塀の蝶

露天風呂に浸(つ)かっていると、蝶が塀に止まって眠たそうで、近づいてくれない。〕

119

君や蝶　我(われ)や荘子(そうじ)が　夢心

荘子を思うと夢心は膨らんで、私と荘子とが夢の中で舞ってしまう。

〔夢ごろや　胡蝶がわれや　君荘子(そうじ)

君が夢で見た胡蝶が私で、貴殿が荘子なら、私はまだ夢ん中にいるわけだ。〕

120

古池や　蛙(かわず)とびこむ　水の音

芭蕉殿、幽玄な世界の観音様の声なき呼びかけの声を、聞かれたのですね。

〔駆け込むや　和ずむ譜の音　ビイトルズ

ビートルズの曲が聞こえてくるようで、思わず銀座の喫茶店「樹の花」に駆け込みました。〕

120

古池や　蛙とびこむ　水の音

芭蕉殿、幽玄な世界の観音様の声なき呼びかけの声を、聞かれたのですね。

訪ずるや　侘び住む恋の　文書けと

一人住まいの御老体を訪問したら、人恋しい様子で、知り合いの人たちに来てくれるよう手紙を書かされました。

121

藻にすだく　白魚やとらば　消えぬべき

透明かと思うくらいの群がる白魚を掬ったら、消えそうだ。

雲に飛べば　すだき白魚　消えぬやら

集まっている白魚は、空に散ったら雲になって見えなくなるのかも。

122

鮎の子の　しら魚送る　別れ哉

鮎の子が白魚を追うように川を遡るのと私を送ってくだされ、感謝します。

萎るなかれ　行くあの子の　顔笑う

親からの一人立ちの旅。いろいろ励まされ、やっと笑顔で出立した。

123

白魚や　黒き目を明く　法(のり)の網

法の網に救われて、白魚も開眼できたのかな。

暗き魚　法の白網　目をや開(あ)く

暗い心を持った人たちが、神理の白網で救われて目覚めたようですね。

124

苔汁(のりじる)の　手ぎわ見せけり　浅黄椀(あさぎわん)

立派な浅黄椀に相応(ふさわ)しい海苔汁(のりじる)のおいしさ。頂きます。

朝霧の　分際(わけぎわ)見せじ　法(のり)流転

朝霧はどこからどこまでか人には解らない。これぞ天の配剤。

125

蠣(かき)よりは　海苔をば老(おい)の　売りもせで

お年寄りには重い蠣より、軽い海苔をお売りになったらとも思うのですが。

よき利をば　稼いで思う　海苔は海苔

そりゃあ、儲けのことだけならいいでしょうが、私はこれが本職なんだよ。

126

衰(おとろ)いや　歯に喰(くい)あてし　海苔の砂

どうも、じゃり感はいただけないなぁ。

老なりや　はて生憎の　とろの寿司

年はとってもお稲荷さんなんか出さないよ。ちゃんと、とろのいいとこ握ってるよ。

127

花は賤(しず)の　めにもみえけり　鬼薊(おにあざみ)

賤の人には鬼は見えなくても、鬼薊の花なら見えますよ。

賤の目は　鬼も見えにけり　花薊(あざみ)

いじめられている人は、逆に美しい花薊の根元のトゲでも見逃しませんよ。

128

よくみれば　薺花(なずな)咲く　垣根かな

垣根の辺りに、薺が咲くのを見つけましたよ。

はかなさよ　鳴くなばれきか　ねずみ鳴く

かわいそうに。猫に見つかってしまったか。黙っていればいいものを。きっと母親を呼んでいたんだね。

129

まふくだが　はかまよそうか　つくづくし

真福田は、行基上人が前世で信仰を支援した僧侶の名前。その前世で行基が真福田に袴(はかま)を与えたという故事がある。土筆(つくし)には袴があり、それが行基が与えた袴姿のように想われる。

かしづくが　袴よそう　服靴まだ

結婚式での装いを彼が急に洋式にすると言い出したので、お嫁さんの方は着る物や履く物まで大忙しとなってしまった。

130

雪間より　薄紫の　芽独活(めうど)哉

雪の隙間から、薄紫のウドの芽が出てきました。

隙なきか　揺らさむ迷う　独活のめり

ウドが生長するさまは、押し合いへし合い、ぎゅうぎゅう詰めになっている。

131

大裏雛　人形天皇の　御宇(ぎょう)とかや

その優雅さから察すると、ここも御所であり治世が行われているようだ。

行に叶う　御宇や天壇の　祈り人

治世が天に叶うものでありますようにと、天皇の祈る毎日である。

132

草の戸も　住み替はる代ぞ　ひなの家

この草庵も、いよいよお別れです。あとにはお雛様を飾るような賑やかな人たちが入ることを願っていますよ。

> 行(い)く人も　蚊のなすのみぞ　夜(よる)は餌
>
> これから発つ人たちも、道中蚊に食われ放題。もしかして餌と思われるかも。

133

両の手に　桃とさくらや　草の餅

草餅は雛壇に、庭には桃と桜、両脇には其角(きかく)と嵐雪の弟子。

> ももの寮　さて殿憎くや　さくら餅
>
> 桃咲く寮の庭にお招きいただき、堪能していたところ、趣向を凝らしてこの寮のご主人は、さくら餅と言いつつ、さくら鍋をご馳走してくれました。

134

龍宮も　きょうの塩路や　土用干し

今日は汐(しお)が引く日だから、海中の竜宮城も土用干しをするのではないか。

> 龍殿よ　思慕や宮司も　饗応(きょうおう)し
>
> 村の干魃(かんばつ)に雨を降らせて、大龍の怒りを買って殺された小龍の伝説が、ここ千葉の竜腹寺にあります。今日は宮司も村人も、一緒に感謝のお祭りです。

135

袖よごすらん　田螺（たにし）の蜑（あま）の　隙（ひま）をなみ

上巳（じょうし）の節句で、潮干狩りや田螺を捕るのに忙しい。

> 青丹（あをに）よし　奈良呉須（ごす）見たまんま　その日の出
>
> 奈良は青と朱（に）とで表されるように、奈良の日の出の瞬間は、まさに奈良の枕言葉そのままであります。

136

青柳の　泥にしだるる　潮干かな

海水が引いて、柳の枝が、海の砂に着いてしまった。

> 山車（だし）の鬼　赤城おろしや　怒鳴る昼
>
> 上州は祭りの山車の木材の産地であるからか、空っ風の中、祭りの山車もすごいし、山車の鬼になった男たちのかけ声もまた、昼間から威勢がいい。

137

この山の　かなしさ告げよ　野老掘（ところほり）

山芋掘りの人よ、この山の哀しい出来事を語ってくだされ。

> 夜祭りや　こころなし ほの　里のかげ
>
> ここの夜祭りの賑わいを見ると、故郷の祭りをどうしても思い出してしまう。

138

山吹の露　菜の花のかこち　顔なるや

艶のある山吹がもてはやされるのを、菜の花は面白くないという顔つきだ。

〔橅山の　小屋の湯の花香る　那智が月

辺りはぶなの森、やまの湯に浸かって、はるかな滝の音を聞きつつの月見。〕

139

菜畠に　花見顔なる　雀哉

雀は、菜畑での花見を、独り占めしているようです。

〔皆菜花　竹に雀が　花薫る

辺り一面、菜花で一杯。一方、居やすいのか竹林に雀が戯れている。〕

140

山路来て　何やらゆかし　すみれぐさ

山道を歩いて、ふっと目にした菫に心ひかれました。

〔寺に住み　山湯や桟敷　時雨かな

寺の留守番となり、一人湯に浸かり、はるか下界を眺めて、まるで川辺の桟敷にいるような気分でいると、やがて時雨となりました。〕

141

当帰（とうき）より　あわれは塚の　すみれぐさ

当帰は故郷の思いを強くさせるものだが、それより旅先で客死した弟子の呂丸（ろがん）の墓に咲くすみれ草の方が、いっそう哀しみをさそう。

夜（よ）の憂（う）きは　取れ忘れさり　担（かつ）ぐ網

早朝、漁師たちが昨夜の心配をよそに元気に網を引いて、海から上がってきました。

142

ほろほろと　山吹ちるか　滝の音

滝の落ちる轟音の中を、ほろほろと山吹が散って行きます。

太刀飛ぶや　丸ろき沖の帆　ほろ解かる

風一杯、はらんで沖に出た舟が、太刀魚が飛び出したのか帆をおろしている。

143

山吹や　宇治の焙炉（ほいろ）の　匂うとき

今や盛りの山吹が咲くこの宇治では、お茶を煎る香りがする。

山十色　焙（ほう）じの匂う　藪の利き

お茶の産地は多く、それぞれ独自の香りがしますが、ここ藪北では藪茶の利き茶も始まりました。

144

山吹や　笠にさすべき　枝の形(なり)

この山吹の花は、笠にさすのにもってこいの枝ぶりだ。

〔やぶさかに　生(き)の訛りさえ　出すべきや

惜しみなく聞かせてくれ。君の純な訛り声の歌こそ、私は聞きたいのだ。〕

145

葉に背く　椿や花の　よそ心

椿の花は、よそよそしく葉っぱと違う方を向いている。

〔月心(つきごころ)　はやよそ向くに　蕎麦(そば)の花

蕎麦の花と月の白さは心打たれるものがあるが、蕎麦の花の匂いには閉口する。〕

146

うぐいすの　笠おとしたる　椿哉

椿がポトリと笠に落ちたのは、うぐいすのせいだろうか。

〔有為の沙汰　時雨るかすかな　音つばき

この世の因縁とはいえ、あまりにも時雨による散り際が静かだ。〕

147

この槌の　むかし椿歟　梅の木歟

この槌は椿か それとも梅の木で作られているのだろうか。

「椿のか　梅の木か　昔つちのこ

いわずもがな、槌の昔はつちのこですね。」

148

我がきぬに　ふしみの桃の　雫せよ

伏見の任口上人に逢って、上人の爪の垢でもという心境なり。

「わが伏せし　布錦ずく　百の御代

西岸寺の任口上人にお目通りでき御説法を頂き、着物を通して心の奥まで錦に染められたように感じられ、今後も百世代にわたり末永く人々の心をも染めて行くことでしょう。」

149

船足も　休む時あり　浜の桃

浜の桃を見るためか、沖の船も止まらんばかりです。

「花燃やし　澄む秋の桃　甘太り

花も実もある桃が、秋になり甘く太りました。」

150

煩えば　餅をも喰わず　桃の花

病を得て餅も食べられないので、ただ桃の花を見ているばかりです。

「煩わず　桃の花栄え　桃を口

お元気で桃の花を愛(め)でたら、節句の桃のお菓子を食べましょう。」

151

春風に　吹き出し笑う　花もがな

春になって吹き出し笑いをするような花は、ないものだろうか。

「笑う花　斑(ふ)が葉に風も　泣き垂(し)だる

ご機嫌な花もあれば日が強すぎて葉に斑ができたり風通しも悪く萎れてしまうものもあり。植物も人の世に似ていますねぇ。」

152

初花に　命七十五年(ななじゅうご)　ほど

初物七十五日といわれるが、これは七十五年も延命しそう。

「八年ない　初子の名に　名十ほど

孫を待つこと八年、初孫が生まれて十ほどの名前を祖父が持ってきた。」

152

初花に　命七十五年（しちじゅうご）　ほど

初物七十五日といわれるが、これは七十五年も延命しそう。

〔八十の　寝端（ねはな）に一度　ゴホンしつ

お風邪ですか。いやいや胸につっかえるものが多くなる年頃でねェ。〕

153

待つ花や　藤三郎が　よしの山

開花もそうだが、一節切（ひとよぎり）の藤三郎の吉野山を聞くのも待ち遠しい。

〔待つが良し　藤三郎や　花の山

一節切りの藤三郎の吉野山はいつでも咲くから、やっぱり本物の吉野山の桜を先に見たいものだ。〕

154

初桜　折しもきょうは　よき日なり

桜が開花した今日、会の発足とは願ったり叶ったりです。

〔応挙なり　座敷着く日は　腹よりも

丸山応挙の絵を見させていただき、食べることも忘れて見ていました。〕

155

顔に似ぬ　ほっ句も出でよ　はつ桜

発句で初桜を詠むのだから、年寄りじみた句をつくらんといて。

老いで持つ　葉桜に似ぬ　よか発句

もう花は散ってしまった老桜と違って、この句会の御老体諸公は、老いてこそのよい句ばかりなのだ。

156

咲き乱す　桃の中より　初桜

桃の花の盛りに顔を出した桜がちらほらありました。

月見者　肌も夜桜　咲かすなり

中秋の名月に、あのお方の背中には、桜の花が満開になっています。

157

うかれける　人や初瀬の　山桜

初瀬の山桜に、人々が浮かれ騒いで楽しんでおります。

膝枕　初瀬や浮かれ　殿妬ける

賑わいのどさくさに、主は誰かに膝枕をしてもらったというではありませぬか。

158

草履の　尻折りてかえらん　山桜

雨だぁ。しょっぱしりして帰ろう。山桜も一枝折って帰ろう。

絡繰り（からくり）の　絵皿　天マリヤ像　下りし

祭りの屋台で、絵皿に囲まれたマリヤ像が絡繰り仕掛けで下りて来ました。

159

やまざくら　瓦ふくもの　先ずふたつ

山桜の咲く中、瓦の屋根が二つ見えました。

くず坂の　藁葺（わらふ）くままも　二つやら

葛の葉ばかりのこの坂上からも、藁葺きの家が二軒ばかり見えました。

160

うらやまし　うき世の北の　山桜

騒がしい町中を避け、北国の山桜の中でお暮らしとはうらやましい。

野良や野良　迷う又食う　座敷来や

こいつは野良猫らしく、また餌をもらっていいか迷っているようだ。遠慮せず中に上がって来いよ。

161

糸桜　こやかえるさの　足もつれ

糸桜を見て帰ろうとした際に、酒酔のためか糸が足に絡まってしまったように足がもつれてしまった。

〔殿連れし　あいや桜も　声飾る

殿様のなりをした友と花見していたら、桜も酔って花びらを掛けて声援してくれました。〕

162

目の星や　花をねがいの　糸桜

早く花が咲きますようにと願うのは、私の「願いの糸桜」でもあります。（「願いの糸」とは、手芸の上達を願って、七夕に五色の糸を竹竿に掛けて祈る風習）

〔死骸をと　座のはらなのね　行く羽目（はめ）や

あとで冗談と解ったが、死人がいると皆怖がっている時に、そんな物をと威張ったら、見てくる羽目になった。〕

163

姥桜（うばざくら）さくや　老後の　思い出（いで）

老後の思い出にとばかり、姥桜が満開である。

〔苦労者　後妻おいでや　姥桜

苦労して来た私は、人には理解があると思うが、誰か後妻に来てくれまいか。〕

164

風吹けば　尾ぼそうなるや　犬桜

風で犬桜がどんどん散って、犬の尻尾のように心細くなる。

不意ぼやけ　治らぬ風邪　ざるそば食う

もう年だねぇ。熱いうどんで風邪を治そうとしたが、熱っぽいのでざるにした。

165

植（う）うる事　子のごとくせよ　児桜（ちござくら）

ちご桜という名前の通り、我が子と思って大事に植えてくだされ。

古（こ）桜の　散る如くせよ　神々（こうごう）と

千年の桜か、この散り様はまさに神々しい。

166

命二つの　中に生きたる　桜哉

自分を追いかけてきた友人と二十年ぶりに再会でき、喜びを共にしていると、折しもずっと同じ時代を生きた桜も、同期の桜だと言わんばかりに咲き誇っている。

他に尽きる　深い命の咲く　彼方（かなた）なら

自らの命と仕事は「他」一文字のために尽くすものなり。天上の世界なら当たり前のことが、この世に生を受けるとこのことを忘れてしまう。

167

鶴（こう）の巣に　嵐の外（ほか）の　さくら哉

こうのとりの巣を作った桜の木は、嵐とは関係なく咲き誇っている。

〔

鶴（こう）の巣に　ほら赤し野の　桜哉

野の桜の木の上に、ほら桜色のくちばしをした赤ちゃんが、巣に入っているよ。

〕

168

さまざまの　事おもい出す　桜哉

古いこの桜をみると、いろいろなことが思い浮かんできましたよ。

〔

老いらくの座　まだ咲かすさ　名も誠

老いても尚、名を汚すことなく、誠を尽くして生きて行こう。

〕

169

よし野にて　桜見しょうぞ　檜（ひ）の木笠

吉野の桜を、この具合のいい檜の笠をかぶって見に行こう。

〔

桜良し　未曾有の暑気に　手の日傘

吉野はまだ冷え込むと思っていたが、予想外の暑さで手で日よけをした。

〕

170

木のもとに　汁も鱠も　桜かな

桜の下で料理のお汁にもなますにも、桜が散り落ちている。

〔何ものも　負かする桜　こともなし

やはり桜に敵う木は見当たりません。ご立派に咲いています。〕

171

奈良七重　七堂伽藍　八重桜

七代の都奈良は、七堂伽藍を備えた寺院も多く、八重桜も古くから詠われている。

〔奈良が八重なんざ　うちらなら　九重年

もう俺は九十だと威張ってみたが、所詮比べものにはならない。すべてに降参です。〕

172

京は九万　九千くんじゅの　花見哉

京では全部の住人が、貴賤を問わず花見を楽しんでいます。（くんじゅ＝群衆）

〔白扇の　波間かくんじゅ　京は苦難

花の京は熱気で暑く、扇子で扇ぐ人たちの合間を行くのも難儀なほどだ。〕

173

桜がり　きどくや日々に　五里六里

桜を求めて毎日何里も歩くとは、我ながら褒めてやらなきゃ。（きどく＝奇特）

暗がりや　ひどりさびきく　五六里に

桜を求め、ついに夜桜と五、六里を歩いたが、その間ヒドリガモの口笛のようなサビのある啼き声を聞いて歩いた。

174

似あわしや　豆の粉(こ)めしに　桜狩り

桜見物には、このきなこのお握りが一番合っているねぇ。

西にや　天(あま)の子覚(さ)めり　我が目暗し

我盲目なり。しかれども西方には神の子覚醒す。

175

くさまくら　まことの華見　しても来よ

旅を重ね、風雅の神髄を究める可(べ)く精進して来なさい。

咲くとても　まなこ眩(くら)み　横縞(よこじま)の葉

植物でも虎の尾のような横縞型の物は気持ちのいいものではない。立派な人も、よこしまな気持ちを持つと人に好かれないのと同じか。

176

四つごきの　そろわぬ花見　心哉

食器すらまともに揃わない、つましさこそ私の花見心なのさ。

〔添わぬかな　この花見ごろ　月夜ごろ

春の花見と秋の月見と、いっしょにはならぬものかな。〕

177

花見にと　さす船遅し　柳原

春のどかな今日、花見の船は柳原にゆっくり進んで行く。

〔花見とさ　そらねに伏し　柳おはす

桜ばかりもてて、柳は寝たふりをしてひねくれています。〕

178

景清も　花見の座には　七兵衛（しちびょうえ）

剛勇無双の景清も、花見の席ではただの七兵衛に戻るであろう。

〔座の話　景に兵衛（かげびょうえ）は　よき身持ち

座を共にした人の話では、景清は七兵衛の時も変わらず良い人であったと伝えられる。〕

179

花にあかぬ　嘆きやこちの　うたぶくろ

いくら花を眺めていても、少しも詩歌が浮かんでこないのだ。

［布袋（ぬのぶくろ）　他に花木あげや　叶うこち

布袋様は言う。他人に尽くせよ、果報は自（おの）ずと巡ってくると。］

180

うち山や　外様しらずの　花盛

この内山の寺の花盛りは、部外者には知られていないのです。

［山里や　播磨（はりま）のうちか　座名しらず

この辺りは山が多く、どれが播磨山かよく解りません。］

181

きてもみよ　甚べが羽織　花ごろも

華やかな花見の晴れ着に、甚兵衛羽織を着込んで来てはいかがですか。

［世が喪ごろ　はきもん　羽織　なべて地味

倹約令で世の中、喪に服しているが如きで全く暗い。］

182

花にいやよ　世間口より　風のくち

花の乙女心は、世間で噂話（うわさばなし）をされるより、風で花が散る方が辛い。

いやよ愚痴　花の風気（かぜけ）よせ　竹林に

愚痴をいわずに、世間の噂など、このすがすがしい竹林で忘れよう。

183

阿蘭陀（おらんだ）も　はなに来にけり　馬にくら

オランダ人も馬から下りて、花見に来て楽しんでいるようだ。

花に聞けり　馬に鞍（くら）に　阿蘭陀も

桜の木に聞いたら、馬も鞍も人間も、一寸珍しかったと言っていました。

184

花にやどり　瓢箪斎（ひょうたんさい）と　自らいえり

顔回の故事に倣い、瓢箪一つの花見をし瓢箪斎と名乗り、おどけてみた。

腹高みにや　土俵入りなり　ずいと冴（さ）えん

足を腹より高々と上げ、土俵入りは見栄えがする。

185

盛（さかり）じゃ花に　そぞろ浮き法師（ほうし）　ぬめり妻

花見にはしゃぎ、浮かれ坊主に、さても気を引く年増たち。

【馬じゃぞろり　競うぬめりに　干さな恥ずかし

馬が競うように、じゃーじゃーとおしっこ。皆着替えにてんてこ舞い。】

186

花に酔えり　羽織着てかたな　さす女

桜の花に酔ったのか、女が男の羽織を着て刀など差して花見をしている。

【花咲き　おんな酔えたりか　おはすになりて

酔えば男も女も同じ。化けるのか、本性出すか、日頃の憂さを晴らしましょう。】

187

二日酔　ものかわ花の　あるあいだ

二日酔いも何のその、花の咲いているうちは浮かれようぞ。

【夜（よ）もあふる　津和野の赤い　花筏（はないかだ）

さぞや美しいことであろう。】

188

艶（えん）なる奴（やっこ）　今よう花に　ろうさいス

今様の、ど派手な衣装で、奴さんたちが艶っぽい小唄などを聞かせている。

ういなる花（はな）　楼縁に奴　酔い醒ます

花にも酔い、飲み屋の二階の出窓で酔いを醒ましている奴がいる。

189

花にうき世　我酒（わが）白く　食黒（めし）し

世間では花に浮かれているが、私は一人濁り酒に磨きのたりない飯を食う。

わが浮世　酒花に獅子吼（ししく）　目白黒

私の人生といえば、お酒も頂き、花に浮かれつつも、たまには有難いお説法も頂き、目が回る忙しさだ。

190

樫（かし）の木の　花にかまわぬ　姿かな

辺りの花盛りに、我関せずとばかり、樫の木がすっくと立っている。

錦布（にしきぬの）　鼻のまかかな　川姿

群れなす鯉たちは、まるで川に錦の布を流したようだ。

191

観音の　いらかみやりつ　花の雲

桜の群れが雲に見える中、ひょこっと観音様の屋根が見えました。

観音の　計らいなりや　雲の満つ

空に棚引く五色の瑞雲（ずいうん）を見せていただけるとは、観音様のお陰でありましょう。

192

花咲きて　七日鶴見る　麓（ふもと）かな

この山裾に花が咲き、鶴も来て、七日も楽しませてくれました。

鶴と花　文も重なる　来て七日

鶴も花も、待っていた手紙も、七日目に参りました。

193

鸛（こう）の巣も　みらるる花の　葉越哉

桜の花盛りの先に、鸛（こうのとり）の巣が浮き出て見える。

春動かすも　花実る　子らのなし

世に春をもたらすこの桜の花は、桜ん坊を作ることができないのです。

194

はなのくも　かねはうえのか　あさくさか

白雲の如き花の向こうから聞こえるのは、寛永寺のか浅草寺の鐘か。

【朝の音(ね)は　かくもはかなく　坂の上

坂の上からだから、寛永寺の鐘と思うが、もう少しついてくればわかるんだが。】

195

花にあそぶ　虻(あぶ)なくらいそ　友雀

虻も同じ花と遊ぶ友達だから、雀よ食べてはいかんよ、仲良くね。

【遊ぶなら鳩(はと)　行くな虻に　そも雀

虻は刺さないが、かまれるから、遊ぶんだったら鳩にしなさいよ。】

196

何の木の　花とはしらず　匂い哉

この神域で何という花かはわからないが、香(かぐわ)しい匂いだ。

【名乗らずと　花は金糸の　匂いかな

名乗らなくても、金糸梅だと思います。】

197

紙ぎぬの　ぬるともおらん　雨の花

紙子が濡れてもいいから、一枝持って行きたい。

もぎるんの　折らぬと見ぬか　花の雨

折られた木の痛さが解らぬか、花が泪（なみだ）をためている。

198

花をやどに　はじめおわりや　はつかほど

咲いてから散るまで、二十日ほど花と一緒に過ごさせてもらいました。

初め宿に　終わりを花屋　二十日ほど

初めは宿屋に、最後は二十日ほど花屋さんに奉公して辞めてしまいました。

199

このほどを　花に礼いう　わかれ哉

このたびのご厚情のお礼を、花に言ってお別れしよう。

どないに　別れを云うのか　ほれ花子

親しんだ花たちよ、もう二度と会えないが、何と言ってお別れしたらいいのか。

200

なお見たし　花に明け行く　神の顔

葛城山の神様は、醜い顔をされているという噂だが、一度確かめてみたい。

開けな顔　醜しお方　花の見ゆ

醜いなんて思わずに、戸をあけてくだされ、お花がきれいですよ。

201

龍門の　花や上戸の　土産(つと)にせん

酒飲みの喜びそうな滝の傍の花を添えて、話の土産(みやげ)にしよう。

銭湯の　竜にも放つ　除夜のゴン

風呂屋の竜の絵にも、除夜の鐘の音が響いて来て、竜が動きだしそうだ。

202

酒飲みに　語らんかかる　滝の花

酒の肴(さかな)に花も添えて、滝の風景を語ってあげようか。

語らんか　神の情けに　春の滝

養老の滝の話でも、話して聞かそうか。

203

はなのかげ　うたいに似たる　たび寝哉

謡曲ではないが、木陰の旅寝としようか。

花居たる　何かに陰の　うた旅寝

何日か詩会でお世話になったが、何かにつけ行き届いた心遣いに、まるでそこに花が咲いているかのような気配りをいただき、感謝します。

204

日は花に　暮れてさびしや　あすなろう

一日花に浮かれていたが、傍らのあすなろの木がさびしそうであった。

ひなに早や　さびしくなろう　明日晴れて

飛び立つ時期が来たね。一人立ちですよ、がんばれ。

205

花ざかり　山は日ごろの　あさぼらけ

いつもと同じ朝なのに、山は花盛りでお見事です。

花山は　ごろ坂登り　朝開け

暗いうちに無言坂を登ると、朝、満開の花が一望できます。

206

世にさかる　花にも念仏（ねぶつ）　申しけり

あまりにも見事で、思わず手を合わせました。

何よりも　酒にか念仏（ねぶつ）　申しはる

おおきに、おおきに。

207

鐘消えて　花の香は撞（つ）く　夕べ哉

鐘が花の香を撞き出すかのように、音のあとに、香りがやって来ました。

きく鐘の　放つ香映えて　夕べかな

静かに聞こえる鐘の音も、花の香と同じように心のやすらぎとなる。

208

土手の松　花やこぶかき　殿作り

松に囲まれて木深い庭に桜があり、立派なお屋敷作りの家だこと。

藪続く　どこかきまりて　花の殿

藪が続くかと思うと、何となく調和が取れて、それぞれに植えられた花々が立派である。

209

一里(ひとさと)は　みな花守の　子孫かや

この里の人はみな、香りのいいこの八重桜の花守の子孫なんだろうか。

花咲(さか)の　人鳩　宮も　子孫なり

この里の人も、この鳩も、お宮も、みな花守の子孫ですと。

210

四方より　花吹き入れて　におの波

あちこちから花びらを吹き入れて、琵琶湖は花に染まって美しい。

帆波乗り　憂きし船酔い　にお晴れて

帆も順調に風をつかみ、心配していた船酔いもなく、琵琶湖は素晴らしい。

211

呑(のみ)あけて　花生けにせん　二升樽

これは桜の枝をいれるのに丁度いい。早く空けてしまおう。

あの二升　見るだけにせん　花生けて

下戸の自分は酒を人にあげて、樽を花生けにしたい。

212

しばらくは　花の上なる　月夜かな

咲いている桜の木の上の月は絶景だ。しばらくじっと見ていたい。

ようは知らな　葉はなくえばる　夏の柿

この暑さの中、どういうわけでしょうか、実を隠す葉がみんななくなってしまったのに、何か柿はどうだ立派だろうと威張っている。

213

蝙蝠（こうもり）も　出よ浮世の　華に鳥

世はまさに花盛り。夜の主役の蝙蝠も出てきたら。

紅葉の　森で粋にと　花よりも

秋の森一面を赤く染めるなんていう芸当は、葉っぱの我らでなければできません。花の皆さん、秋はお任せください。

214

此のこころ　推（すい）せよ花に　五器一具（いちぐ）

修行僧の食飯道具一式を送ろう。しっかり勉強したまえ。

心せよ　一期（いちご）の華　すぐに小息（こいき）

人間少々つまずいても、青年の時に抱いた大志を失うことのないよう、自覚していたいものだ。

215

花に寝ぬ　これもたぐいか　鼠の巣

春は小鳥も鼠も巣にじっとしていられないようだ。

子鼠　嗅ぐ犬も寝たれ　花の巣に

子鼠の巣を嗅ぐ、やさしい犬よ、野の花を寝床にして休んだら？

216

鶴の毛の　黒き衣や　花の雲

貴方も鶴のように黒い衣をまとって飛び立つのでしょう。

雲焼けな　鶴の衣の　羽の黒き

夕焼け雲も黒さが目立ち、白い鶴たちの羽も黒ずんできた。

217

あすの日を　いかが暮さん　花の山

今日は遊び尽くしたが、明日からはどうしましょう。

朝行くや　雁(がん)の雛すら　彼の浜を

もう旅立ちか、雁の雛は大丈夫なのかしら。

218

子に飽くと　申す人には　花もなし

子育てはもういやだというお方には、風雅を愛することなどわからない。

【花に明日　問う事もなし　日は雲に】

明日の天気を花に聞いてみなくても、この分じゃ曇りだな。

219

西行の　庵（いおり）もあらん　花の庭

この美しい庭は、あの西行の庵もありそうな風情だ。

【人形の　さも笑いおり　愛の華】

お雛様も皆さんの成長を喜んで、こころもち笑っているようです。

220

蝶鳥の　うわつきたつや　花の雲

雲かと見違えるほどの一面の花に、蝶や鳥も浮かれている。

【初物や　食うわと蝶の　夏来たり】

蝶の私だって、初物があるというので飛び回っているのよ。

221

夏近し　その口たばえ　花の風

夏が近いから風さん、花が散らないように風袋の口を一寸加減して。

〔河岸の風　花々たちの　口そえつ

河岸の風は、花々の上を通って来たのか、花の素晴らしさを伝えてくれました。〕

222

先しるや　宜竹が竹に　はなの雪

名人宜竹の吹く一節切の音に、花が雪のように散るようだ。

〔春たけず　宜竹が山に　雪なしの

宜竹が吉野山に来て一節切をやると、雪山のような花が皆散ってしまいそう。〕

223

地にたおれ　根により花の　わかれかな

地に倒れ、木に寄りかからんばかりの坦堂和尚の亡くなり方を、この花木から思い出します。

〔わかれなり　千代に薫れな　傍の根に

お別れです。師の遺訓はいつも胸に、傍の人を支える根のように生きて参ります。〕

224

声よくば　うたおうものを　さくら散る

桜の散っている折に自分も声を張り上げたいが、いやはや。

桜葉の　負うたる苦をも　智慧よ乞う

見事なりといわれる桜にも、人知れず乗り越えた苦悩もあっただろう。そのお知恵を、是非伺いたいものです。

225

扇にて　酒くむかげや　ちる桜

お能のように、扇を使って酒を呑むまねをして遊びました。

大袈裟に　口(くち)さ向け来る　山羊空手

山羊をからかっていたら、大袈裟にいえば空手の正拳突きをくらってしまった。

226

年々(としどし)や　桜をこやす　花のちり

毎年桜が散っても、これを肥やしに、また咲いてくれることよ。

をどり子や　幸(さち)少なしと　白羽の矢

嫁探しの最中、京の踊り子暮らしも疲れたと聞いて、白羽の矢を立てました。

227
散る花や　鳥もおどろく　琴の塵（ちり）

この絵の琴の響きで鳥もびっくり。桜の花も舞い散ることでしょう。

「古都の花　散り落ちるとも　鹿（ろく）宿り

奈良の花々が散っていっても、鹿の背中の花は散りません。」

228
草臥（くたび）れて　宿かるころや　藤の花

歩き疲れて宿を捜す頃、藤の花の咲く宿の入り口があった。

「宿るころ　藤の華やか　くびて垂れ

宿に入ろうかとふと見ると、藤の花が下に垂れ下がって見事であった。」

229
つつじいけて　その陰に干鱈（ひだら）　さく女

つつじが活けられその傍らで、干鱈を裂いている女の人がおりました。

「追肥かけ　蘭黄楊（らんつげ）なのに匙（さじ）　置く育て

自己流で蘭や黄楊を育てたが、失敗ばかりでお手上げです。」

230

独りあま　藁屋（わらや）すげなし　白つつじ

尼さん一人の藁屋住まいは、さっぱりしたもので、花も白つつじとは。

白松や　ひらと簾（す）上げし　じわり夏

いよいよ本格的な夏となり、白松の多い社の御簾もすっかり上がって風通しもよくなりました。

231

木曽の情（じょう）　雪や生えぬく　春の草

義仲の気骨が移ったか、春の草はつかの雪を押しのけ芽を出した。

その情（じょう）の　温（ぬ）く早や咲く気　雪映える

義仲を想う温かい気持ちが雪の下の草花を暖めている。顔を出そうと一生懸命ですが、まだ雪は日に照らされてキラキラしています。

232

前髪も　まだ若草の　匂いかな

まだ前髪を残したままの君の容姿から、若さの匂いがぷんぷんと伝わって来る。

今もまだ　魅惑に傘の　笑顔かな

かなり月日が経ちましたが、傘さしてにこっとされると惹（ひ）かれますねぇ。

233

ばしょう植えて　まづにくむ　荻(おぎ)の二(ふた)ば哉

植えた芭蕉の邪魔にならないかと、近くに芽が出た荻の二葉が気に入らぬ。

〔かばえなくて　無性にまづう　荻の二葉〕

荻のこと、かばってやれなくて悪いねぇ。

234

物の名を　先問う蘆(あし)の　わか葉哉

萌(も)える今、蘆は場所によって名が変わるというが、貴方の所では何というの？

〔物問うか　彼(か)の名を　ワナの吾妻橋(あづまばし)〕

ここは吾妻橋ですが、謎かけでヒントを差し上げましょう。

235

いも植えて　門(かど)は葎(むぐら)の　わか葉哉

畑にはいもを、門の口には葎（つる草）が青々として、よい草庵だこと。

〔笑はば　鴨かて飲むかえ　うぐいなど〕

うぐいはまずいから鴨だって食べないよ、などと笑うのは人間だけで、こんなに旨いものはないと鴨は言っております。

236

むぐらさえ　若葉はやさし　破れ家(いえ)

荒れ果てた家の雑草でさえ、若葉には優しい風情がある。

〔虫は家　夜具さえ寒ぶや　藁刈れば

蒲団の藁を取り換える時期となり、寒さは一段と増し、虫も竈(かまど)で鳴いている。〕

237

摘みけんや　茶を凩(こがらし)の　秋ともしらで

凩が木の葉を散らすのは秋だが、茶摘み女は春に葉を摘んでしまったのか。

〔でがらしの　尽き後も茶をや　仕込みけらん

おいしいお茶を飲んだあと、尽きぬほどの茶の利用法があるようです。お茶枕、肥料、洗顔材、シミパック、消臭剤、掃除に等々。〕

238

行春(ゆくはる)に　わかの浦にて　追付(おいつき)たり

春にこのわかの浦までは来られないと思ったが、どうやら間に合いました。

〔鯛(たい)つりに　沖行くてに春　和歌の浦

鯛釣りに沖を目指しましたが、ふと見ると、和歌の浦の春の景色が満開でした。〕

239

行く春や　鳥啼き魚の　目は泪

行き去る春を惜しみ、鳥は鳴き、魚の目も涙ぐんでいるようにさえ感じる。

泪目の　魚焼く隣　春は行き

出立の日、お隣さんは魚を焼いていました。その煙で泪が出たのか。

240

入かかる　日も程々に　春のくれ

春は沈む夕日も、何となくのんびりしている。

春の日も　井戸掘る程に　暮れかかり

掘る井戸が深くなるほど、辺りの暗さも深くなって行くようだ。

241

鐘撞かぬ　里は何をか　春の暮

春の暮、鐘の音もしないこの里では、時は何で判るのかな。

鐘は撞かぬ　中を悟れ　郷(くに)の春

鐘が撞けない訳があるんです。燕でしょうね、巣を作ってしまったのは。

242

入逢(いりあい)の　鐘もきこえず　春の暮

春も末の夕暮れ、この辺りは入逢の鐘も聞こえて来ない。

鵙(もず)の晴れ　入逢の鐘　聞こえくる

天高く鵙も高啼いて、入逢の鐘もよく響いてくる。

243

ゆく春を　近江の人と　おしみける

琵琶湖で地元の人々と、この地に関わる話題等で春を惜しんだ。

人送る　お箸と三毛の　老ゆる身を

子供の家にでも引き取られるのか、所帯道具もなく、猫つれてお別れをした。

五月雨の章

244

思いたつ　木曽や四月の　さくら狩

四月の桜を見ようと思い立ったので、木曽へ出かけようとするか。

したり顔　木曽の桜が　舫(もや)いつつ

そうでしょう、木曽の桜に敵うものはないと、桜たちが群れて咲き誇っている。

245

ひとつぬいで　後(うしろ)に負いぬ　衣がえ

上の一枚を脱いで、背中の荷物とし、旅での衣替えとしゃれこむとしよう。

腰もがおろろ　家に一つ　脱いで縫う

年をとり腰もよろよろ、衣服とて着たっきり、破れたら縫ってまた着て、衣替えのつもりとしよう。

246

灌仏(かんぶつ)の日に　生まれあう　鹿の子かな

灌仏の日に生まれ合わせるとは、幸せな鹿だこと。

塚浮かぶ　鹿の子に生まれ　あの非難

手習いの紙を食べてしまった鹿に文鎮を投げ、鹿を殺してしまった三作という子が、罰として殺されてしまったという。三作は人間より鹿の方が大切にされると考え、きっと仏様に頼んで鹿として今日生まれて来たのだろう。

247

灌仏や　皺手合(しわであわ)する　数珠の音

灌仏会に年寄たちが、皺くちゃな手で数珠を鳴らしている。

> 忘るかや　永遠の仏音　足で数珠
>
> 座られた両手のない方の足指に数珠があり、これこそ仏様の教えの神髄ではないかと念頭に置きました。

248

暫時(しばらく)は　滝に籠るや　夏(げ)の初(はじめ)

夏安居(げあんご)に入るこの時期、裏から滝を見物する私は、しばらく滝にお籠もりをした気分だ。

> 恥じるやら　繁く羽ばたき　この目にも
>
> 強い風で裾がめくり上がるので、娘が恥ずかしそうに押さえている。

249

岩つつじ　染むる涙や　ほととぎ朱(しゅ)

ほととぎすよ、血の涙を流してこのつつじを赤く染めたのか。

> 麦細る　涙と野趣と　岩つつじ
>
> 今年は麦の出来が悪く泣けてくる。何の手も下さなかった岩つつじが、やる気をそそってくれる。

250

しばしまも　まつやほととぎす　千年

ほととぎすの初音を待つのは、一日千秋の思いだ。

> ぎんやんま　しとも干せばと　妻すねし
>
> 銀やんまを捕まえてやると、なかなか家に戻らず、おしっこを垂らす子供みたいだと妻に怒られた。

251

またぬのに　菜売りに来たか　時鳥（ほととぎす）

ほととぎすはなかなか来ない。来たかと思うと菜売りの人の声だった。

> ほととぎす　仇（かたき）になりぬ　唄の間に
>
> いい啼き声を聞いた時鳥の仲間が、恋仇ならぬ声仇として誕生したように競（きそ）っている。

252

郭公（ほととぎす）まねくか麦の　むら尾花

麦の穂が、群尾花のように風になびくのは、郭公をさそっているのか。

> 南無鎌倉　禰宜（ねぎ）の麦穂　飛ばす音
>
> いざ鎌倉と、鎌倉八幡宮の禰宜が、麦の穂も飛んでしまうほどの勢いで馳せて行く出来事とは、一体何か。

253

ほととぎす　正月(むつき)は梅の　花咲けり

ほととぎす君、梅の花は約束通り咲いたが、君はどうしていい声を聞かせてくれないのかい？

目先なの　鳩は過ぎけり　無法つと

目の前を鳩が急に飛び立ったと思ったら、悪いお土産を残していった。（つと＝お土産）

254

清く聞かん　耳に香焼(た)いて　郭公(ほととぎす)

耳に香を焚(た)いて、待ちに待った時鳥の一声を清らかに聞こう。

たくみに根気　生きてみようか　ほととぎす

時鳥君、貴方の声を聞いていて、智慧と根気を学びました。自分も今一度、自分に賭けて頑張ることにしたよ。

255

時鳥(ほととぎす)　鰹(かつお)を染に　けりけらし

ほととぎす君、君は血を吐くほど啼いて、この鰹を赤くしてしまったというのかい。

ほととぎす　遅しをにらめ　かけつけり

仲間を集めて声を出そうとしていたのに、なかなか集まらないから早く来なさいと先輩に睨(にら)まれた。

256

戸の口に　宿札なのれ　ほととぎす

ほととぎすよ、ここに泊まり札をつけてから啼いてくれないか。

殿の口　札二度なれや　ほととぎす

おや、大将もほととぎすの声を真似たのか。それとも宿札に同じ名のほととぎすがいたのか。

257

鳥さしも　竿や捨てけん　ほととぎす

時鳥の啼く声に、鳥刺しも捕まえる気をなくし、竿を捨ててしまったのか。

手もとりし　巣や竿避けん　ほととぎす

ほととぎすは自分の子供の手を引いて、こんな危ない所に巣を作ったり鳥刺しなどに捕まらぬよう、遠方に飛んで行ってしまった。

258

ほととぎす　なくなくとぶぞ　いそがわし

時鳥が啼きながら飛ぶさまは、なんともせわしいことだ。

ほととぎす　なくぞなくわと　磯節(いそぶし)が

時鳥とて、磯節の一つや二つ唄いたくて仕方がないんだ。

259

須磨のあまの　矢先に鳴くか　郭公（ほととぎす）

須磨の海士（あま）が向けた矢の先を、時鳥が啼いていった。

まさかの矢　海士の隙（すき）に啼く　ほととぎす

海鳥を追い払う海士の矢に当たらぬように、上手に時鳥は啼いています。

260

ほととぎす　消え行方（ゆくかた）や　島一つ

ほととぎすが飛んで行く方に、島影が一つ見える。

立つ日とや　消え行く島か　ほととぎす

今日は飛び立つ日だったのか、島は今日は霞んで見えないが、島の方に行ったのなら一寸心配だ。

261

ほととぎす　今は俳諧師　なき世かな

ほととぎすの声に、俳諧師すら句を作ることを忘れてしまうほどだ。

俳諧師　ほととぎすは啼き　今夜中（いまよなか）

俳諧師さん、ほととぎすは夜中も啼くのですが、いつ俳諧ができるのですか？

262

ほととぎす　うらみの滝の　うらおもて

うらみの滝の表で啼くほととぎすの声は、滝の裏には届かずうらめしい。

ほうら来た　もて過ぎの殿　お恨みと

宴会の席には、とかくもて過ぎのお殿様がいるものですね。

263

田や麦や　なかにも夏の　ほととぎす

夏も蚊帳　柳に頼む　ほととぎす

田畑にも、青々自然の美しさの中に、また時鳥が素晴らしい声で啼いている。

ほととぎすは、柳に蚊帳の代わりになってもらい、涼んでおります。

264

野を横に　馬牽(ひ)きむけよ　ほととぎす

ほととぎすが鳴いたので、馬をそちらに向けてもらえないかな。

良き婿に　余の馬を牽け　ほととぎす

申し分のない良い婿さんが見つかった。ほととぎすも祝いの歌を歌ってくれているようだ。さあ、私の馬に乗って出立しなさい。

265

落ちくるや　たかくの宿の　時鳥

高久の名があるように、時鳥も空高くから啼き響いているようだ。

【落ちくるや　主のほととぎす　薫く香の句】

天上の世界から気高き句が時鳥のこえの如く、降り注いでくることでありましょう。

266

京にても　京なつかしや　ほととぎす

ほととぎすが啼くと、いま京にいても、遠い昔の京を思い出してしまう。

【次為す手　今日も補強と　しとやかに】

京都人は、常に進取の精神と伝統文化の補強発展を地道にやっている。

267

曙は　まだむらさきに　ほととぎす

夜明けの空がまだ紫色で、辺りはうす暗いうちにほととぎすが啼いていた。

【あら寒き　ほととぎすには　まだ木瓜の】

まだ木瓜の時期でしょ、よく来たねェ、この寒い中を、時鳥さんよ。

268

橘（たちばな）や　いつの野中の　ほととぎす

いつだったか、このような花摘みの香の漂う中で、ほととぎすが啼くのを聞いたことがある。

〔鳥羽の津の　帆泣かす凪や　鯛の土地

鳥羽に鯛釣りにやって来たが、生憎の凪でなかなか釣れる所に進めない。〕

269

ほととぎす　大竹藪を　もる月夜

時鳥の声が遠くなって、月が竹藪の葉の間から光を漏らしている。

〔ほととぎす　大滝もつけ　夜を破る

滝の音も、ほととぎすも一緒になって声を張り上げ、朝を知らせてくれた。〕

270

杜鵑（ほととぎす）　鳴く音（ね）や古き　硯（すずり）ばこ

故人の硯箱を前にして、ほととぎすの声を聞き、懐かしい思いで一杯である。

〔気配りや　猫すず振るな　ほととぎす

猫も動かずに気配りか、ほととぎすの声を聞かせてくれている。〕

271

ほととぎす　啼くや五尺の　菖蒲草（あやめぐさ）

菖蒲草が五尺にまで伸びるこの頃、時鳥の声も一段と賑わいを増していく。

五悪夜叉（やしゃ）　なぐさめ役の　ほととぎす

御仏（みほとけ）の教えに逆らい、粗暴なるわが心を静めさせようと、ほととぎすは啼いてくれているのだろうか。

272

ほととぎす　声横たうや　水の上

ほととぎすが啼いて、その余韻が水の上を這うようだ。

見よ問えや　寿（ことほ）ぎ唄う　すずの声

新酒の出来を、見て試せ。すずの声（酒の声）を訊（き）きつつ、祝おうではないか。

273

烏賊（いか）売りの　声まぎらわし　杜宇（ほととぎす）

やっとほととぎすかと思えば、なんと烏賊売りの声とは。

わしの声　うらぎりまいか　ほととぎす

もしかして、ほととぎすが烏賊売りの私の声を真似しているのではないだろうか。

274

木がくれて　茶摘みも聞くや　ほととぎす

闇がきて　茶も濃くつくれ　ほととぎす

姿が茶の木に隠れている茶摘み女も、ほととぎすの声を聞いているのでは。

夕闇が迫って、お茶も時鳥の鳴き声も、濃厚なのを頼みたいね。

275

うき我を　さびしがらせよ　かんこ鳥

鶯を待ち焦がれる私を、寂しさ一杯にさせてくれ給え、閑古鳥君。

過去を切り　嬉しがらせよ　わさび丼

芭蕉師よ、過去の煩わしさを、わさび丼で吹き飛ばしてくだされ。

276

うぐいすや　竹の子藪に　老いを鳴く

竹の子はどんどん育つ中で、うぐいすは老いを嘆くような鳴き方をする。

お稽古の　うぐいす鳴くを　谷や藪

鳴く訓練か、谷をわたり、また藪に籠もったりしている。

277

能なしの　寝(ねむ)たしわれを　ぎょうぎょうし

ぐうたらの寝たいだけの私を、よしきりの奴が鳴いて寝かせてくれない。

行なし　行無視　われの値　魚(うを)の下(した)

人として生まれ、行をすることもなし、わかっている行もしない自分の価値は、わが身を供養する魚以下である。

278

梅こいて　卯花(うのはな)拝む　なみだ哉

円覚寺の大巓(だいてん)和尚を悼んで梅を手向けたいが、時期が悪いので卯の花を手向けました。

梅この卯　みなだいてむが　お花かな

梅も卯の花もみな、大顛和尚がお好きであったのではないでしょうか。

279

卯の花も　母なき宿ぞ　冷(すさま)じき

御母堂を失ったばかりのお宅では、卯の花も何のお慰みにもならぬであろう。

母咲きますや　花もなき　地蔵どの

お地蔵様にお花も差し上げないでお聞きしますが、美しい心の持主だった母は、あの世でも輝くでしょうか。

280

卯の花や　くらき柳の　及びごし

暗く茂った柳の枝が卯の花に触れようと、よろけているように見える。

> **御用やら　伸びき柳の　花臆（おく）し**
>
> 柳の私にも花があるのかとお尋ねですね。花はありますが、人様に喜んでいただけるようには咲けませんので、あるだけとご記憶ください。

281

白芥子（しらげし）や　時雨の花の　咲きつらん

はかなげな芥子は、時雨が花になって咲いたものか。

> **探られし　機嫌の辛し　椰子（やし）の花**
>
> 暑さから実を隠していたのに見つけられてしまったが、もう少しこのまま熟させてくれませんかと、椰子の実が言っているようだ。

282

白（しら）げしに　はねもぐ蝶の　形見哉

散ってしまった白芥子の花の所にとまった蝶は、花の代わりに自分の羽根を置いて行くというのかい。

> **蝶もぐか　しらげしの羽（はね）　形見にな**
>
> 散る白芥子の花に、蝶が自分の羽をもいで、世話になったお礼に、お別れにきれいな着物を着せてあげているように思える。

283

海士の顔　先ずみらるるや　けしの花

この辺りは真っ白な芥子の花が咲いているのに、海士たちが通ると真っ黒に日焼けしていて、その対比が極端で面白い。

> **静まるや　海士の空桶　春の波**
>
> 海士たちは海が荒れていたが、春だからじきに波も収まるだろうと、桶を傍らに置いて海を見つめていた。

284

牡丹蘂（ぼたんしべ）　深く分け出る（いづ）蜂の　名残かな

牡丹のしべに蜂が潜って蜜を吸って、名残おしそうにしている。

> **訳深し　出づくる蜂の名残か　牡丹鍋**
>
> さては蜂が深くから分け出て来た訳がわかったぞ。禁じられている牡丹鍋を食べ残して来たに違いない。

285

風月の　財（さい）も離れよ　深見草（ふかみぐさ）

牡丹はそれだけで素晴らしいのだから、その上、月風蝶など余分なものを付け加えることはありません。

> **風月の　深みも入れよ　花捧ぐ**
>
> いやいや、何より自然に賜ったものは大切に味わってくだされば、何でも結構だと思います。

286

寒からぬ　露や牡丹の　花の蜜

この家は、牡丹に宿る蜜の如く寒い風雨にも盤石で、安心してお過ごしになられることでしょう。

布菩薩（ぬのぼさつ）　ゆらむやかたの　花摘（つみ）ん

布地に画かれた菩薩像が、風にゆられていたので、屋敷に咲いている花を摘んで捧げた。

287

若葉して　御目の雫　ぬぐはばや

鑑真和上の御目がお労（いたわ）しく、涙して御目をやわらかい若葉で拭って差し上げたい。

庇（かば）はばや　御目の雫　ぬぐわして

嫌がる弟子たちを庇って差し上げたい一心と、自ら日本への伝道を貫き、船に何回もお乗りくだされ、感涙いたしました。

288

あらとうと　青葉若葉の　日の光

ここ日光では、青葉若葉も日の光に包まれて尊いことだ。

日の光　変わらばと問う　あの青葉

枯れそうなあの木も、日の光を浴びてこんなに青々とした葉を出した。自分も自問し心を立て直さねばと、あの若葉に教えられました。

288

あらとうと　木の下闇も　日の光

有難いことに、木の下の暗がりも余す所なく日の光が行き渡っている。

秋やたら　一人物憂し　神の人

秋の行事で、来る日も来る日も忙しく、神主はもうへとへと。

289

雲を根に　富士は杉なりの　茂りかな

雲の上の富士は、雲の下の杉の根のごとく尾根が長引く。

げにくも　富士なりの巣を張り　禰宜泣かし

虫の蜘蛛（くも）さえこのように、富士の山の形をした巣を張るなんて、神主として嬉し泣きしそう。

290

嵐山　やぶの茂りや　風の筋

嵐山の藪は、風通しが良いように仕立ててあるようだ。

山筋や　アカシヤ茂り　ゼブラの野（の）

山の筋道を通り過ぎると、キリンの大好物のアカシヤ茂る野が広がっていました。

291

篠(ささ)の露　袴にかけし　しげり哉

生い茂る笹の露をぬらしつつ、古郷の大垣藩主戸田采女正氏定が、将軍綱吉の東照宮に代参することになったが、立派にお役目を果たされますように。

> **翳(かげ)り射し　まさかに懸(かけ)し　花の露**
>
> 人生何が起こるか判らない。世情に暗雲が立ちこめているが、培ったおのれの菩提心に懸けて、人生の使命を果たして行こう。

292

なつ木立　はくやみ山の　こしふさげ

山の中腹の夏の木立は、腰の小太刀を佩(は)いたようだ。

> **夏山や　この肌ふさげ　四国道(みち)**
>
> 四国巡礼の人々にも、夏の強い日差しにお肌を傷めぬようご用心召され。

293

木啄(きつつき)も　庵はやぶらず　夏木立

何にでも穴を開ける啄木も、この庵は壊さなかったようだ。

> **餅つこや　夏は気負らず　大仏忌**
>
> 江戸時代より、夏にウナギならぬ餡子(あんこ)入りの餅を食べる習慣がありますが、夏餅はゆっくりつかないと体がもちませんよ。そういえば、今日は東大寺の俊乗忌でもありますね。

294

先ずたのむ　椎の木もあり　夏木立

立派な椎の木などの夏木立が支えになって、強い風雨が来ても、この庵は安泰だ。

［秋祭り　子も山車頼む　いのち綱

子供たちにも山車を引いてもらわないと手がないので、祭りがお手上げになってしまいそう。］

295

須磨寺や　ふかぬ笛きく　木下（こした）やみ

須磨寺の木の下の暗がりにいると、吹きもしない笛の音が聞こえるようだ。

［笛濡らし　吹くや形見や　須磨で聞こ

敦盛（あつもり）が無念の涙で吹く笛は、この須磨でなければ聞くことはできないのです。］

296

鰹売り　いかなるひとを　酔わすらん

鰹売りはその鰹で誰を酔わそうとしているんだ。

［何という　昼から酔わす　下（お）りかつを

秋におりてくるくだり鰹が犯人で、人を酔わすのです。（かつを＝かつおの古語）］

297

鎌倉を　生きて出でけむ　初鰹

鎌倉は、かつて出入りが厳しかったが、今日の初鰹は無事に出てこれたのであろう。

いくつ迄（まで）　月を追いかけ　村がはて

一体何時まで月を追いかけてゆくのか、もう村はずれですよ。

298

ひれふりて　めじかもよるや　男鹿島（おがのしま）

男鹿島だけに、めじかも鰭（ひれ）を振って寄ってくる。

かる鴨や　寄りし男島（おじま）の　姫触れて

かる鴨よ、帰り道に彼女ができたのかな。

299

鹿のつの　まづ一節の　わかれかな

鹿の角の別れじゃないが、ひとまず私たちもお別れとするか。

川静か　ふと野の鹿の　待つ日なれ

静かな川辺に佇（たたず）んでいたら、先の方から鹿が姿を現した。

300

目にかかる　時やことさら　五月富士

五月に富士山が目に入る時の感動は、ことさらである。

［深酒(ささ)や　閉じるか決めに　辛きこと

辛いことだが、店じまいをするかどうか悩みつつ、つい深酒となった。］

301

あすは粽(ちまき)　難波の枯葉　夢なれや

粽作りに重宝な蘆の葉も、西行の歌のように枯れ葉同然となり、捨てられてしまうのだ。

［目には荒れ地　はまなすの揺れ　柔な柿

空き家の庭は荒れ放題、はまなすが風で揺れて、柿が落ちそうになっている。］

302

あやめ生いけり　軒の鰯(いわし)の　しゃれこうべ

軒に節分の鰯の頭が残っている。その傍らに菖蒲も飾ってありました。

［菖蒲(あやめ)の聞けし　われのいう恋の　おしゃべり

好いた娘の話を仲間としていたが、菖蒲に聞かれてしまったかな。］

303

笈（おい）も太刀も　五月にかざれ　帋幟（かみのぼり）

お節句です。かみのぼりも、お宝の笈も、太刀も飾ってくだされ。

月に飾れ　おかみのさぼり　芋たちも

十五夜におだんごと共に飾る里芋がめっきり出ないので、嫁に聞いたら、スーパーに月見用の里芋が売っていないのでさぼったという。是非飾ってもらいたいものだ。

304

あやめ草　足に結ばん　草鞋（わらじ）の緒

節句の菖蒲を草鞋につけて、洒落（しゃれ）て行くとするか。

騒ぐ雨　明日の指示をや　にらむ番

今は雨音も激しいが、明日の天候はどうかと漁師の頭が海を睨んでいた。

305

粽（ちまき）結う　かた手にはさむ　ひたいがみ

女が粽を葉で包みつつ、ほつれ髪を片手で耳の後ろに挟み込んだ。

云（ゆ）うまいか　蜂がたたみに　手寒き日

秋の日になって、蜂も日向ぼっこをしようと部屋の畳に近づいてきたが、近くの家人に知らせるべきか。

306

花あやめ　一夜にかれし　求馬哉

花菖蒲が一夜で枯れるように、吉岡求馬は逝ってしまった。

目になれか　目と鼻あやし　一夜かも

見えるものだけに心が行ったり、目が見えなくなったり息ができなくなったり、まさかの時はいつ訪れるか判りません。心して努めてください。

307

杜若　にたりやにたり　水の影

水に映る杜若は、本当に実物そっくりである。

かきつばた　語りみやげに　足りずのに

杜若の美しさは、土産話に伝えきれないのは解っているが、それでも話したい。

308

杜若　われに発句の　おもいあり

杜若を見ていると、発句がどんどん湧いてくるように思える。

発句の場　われ兄思いつ　語りき

亡き兄のことを思いながら、発句をお勉強させていただきました。

309

杜若　語るも旅の　一つ哉

今を盛り、業平ゆかりの杜若を旅の話題にするのも一興です。

旅か鴨　木場発つる夏　人の型

木場にいた鴨も、夏が終わり旅支度か。人の字型になって行くのだろう。

310

ありがたき　すがた拝まん　杜若

近衛公に餓鬼つばたと呼ばれた、やせた宗鑑のありがたい姿を杜若に偲（しの）ぼう。

秋がたつ　おばんが曲がり　肩たすき

もう秋も半ばを過ぎ、たすき掛けのおばんの腰も心なし曲がって見える。

311

するが地や　花橘（はなたちばな）も　茶の匂い

花橘も、茶の匂いに包まれるのが、茶所駿河なのである。

駿河にも　一の字東や　花尚茶

駿河の日本一のお国自慢は東になるほどあるが、とりわけお花とお茶だな。

312

柚（ゆ）の花や　昔しのばん　料理の間

ゆずの花が庭一杯。この家は昔、料理の間というのがあったそうな。

燗（かん）香まむ　話の湯葉の　料理しや

今日は話題の湯葉料理で一杯か。早く頂きたいなあ。

313

紫陽草（あじさい）や　藪を小庭の　別座敷

別座敷から見ていると、小さな庭に藪を取り入れ、紫陽花がまた見事。

やいや業師　べこを無事に　朝の月

初産でとまどう牛の出産に、ベテランに来てもらって見事無事に出産の朝を迎えました。

314

紫陽草や　帷子時（かたびらどき）の　薄浅黄

人が帷子に衣替えをする頃、紫陽花も同じように薄い浅黄色に着替えた。

さすらいの　憂き旅路宿　あさ赤城

悩みもあって、あてもなき旅の宿から朝の赤城山を見て、気を取り直した。

315

きさかたや　雨に西施（せいし）が　ねぶの花

雨に濡れて岸辺に咲くねぶの花は、眠りについた西施の俤（おもかげ）と重なる。

朝寝ぶの　長き西施か　傍目にや

雨に濡れたねぶの花は、もう起きません。西施になってしまっているのです。

316

まゆはきを　おもかげにして　べにのはな

紅の花は、お化粧の眉はきを思わせる形で咲いている。

俤（おもかげ）を　雪の浜辺に　花にして

言葉も交わすこともできずに行ってしまったあの人に、せめて浜辺の波よ、この花を届けてくれませんか。

317

どんみりと　樗（おうち）や雨の　花曇り

曇り空に、おうち（梅檀（せんだん）の古名）の花が、物憂げな色合いで咲いている。

梅の花　あやぐ取りもち　踊り見ん

梅見に来たら、あやぐ節やら歌踊りなど、音頭を取り合い大騒ぎでした。

318

世の人の　見付けぬ花や　軒の栗（くり）

世間の人が目にとめないこともかまわず、軒先の栗の木に花が咲いている。

人の世の　闇の気（け）尽きぬ　栗の花

栗の木は聖なる木とされるも、花は臭気が強く、世間では嫌われている。

319

旅人の　こころにも似よ　椎の花

風雅な旅人の心に相応（ふさわ）しく、椎の花がひっそりと咲いている。

世にも媚び　旅にと椎の　花の頃

気が向かないお誘いにも応えて、椎の花の咲く頃伺うと返事をした。

320

やどりせむ　あかざの杖（つえ）に　なる日まで

庭の藜（あかざ）が伸びて杖になるまで、ここにいたいものだ。

江戸なのに　あやつり秘せむ　飾るまで

せっかちな江戸っ子の皆さん、操り人形の準備が終わるまで一寸待って。

321

椹（くわのみ）や　花なき蝶の　世すて酒

花の時期が終わり、桑の実を蝶が世捨人の飲む酒のように吸っている。

花（はな）蝶の座　夜や好きな句　飲み分けて

句会で呑みながら、やれ花だ蝶だと騒がしいが、この句頂きません、頂きましたと大変です。

322

降らずとも　竹植うる日は　蓑（みの）と笠

雨でなくても、竹を植える日は、蓑と笠の格好の方が似合う。

ふる里は　人も見かけず　野良歌う

ふる里では人影もないのに、いろいろな鳥や田んぼからの歌声が聞こえる。

323

たかうなや　雫もよよの　篠（ささ）の露

このたかうな（竹の子）は、竹の節々から出る露で育ったようなものでしょう。

田の中や　笹ずしも行く　四つのよう

田植え中、昼四つになったようだから一休み。笹寿司が昼に差し入れとなった。

324

うきふしや　竹の子となる　人の果(はて)

この竹の子は、ここに葬られた小督(こごう)（高倉天皇の寵姫）のなれの果てかとも感じられ哀れである。

［この屋敷　豆腐となる日　竹の果て

この竹の様子では、このお屋敷はまもなく豆腐のようににぐにゃぐにゃになるね。］

325

たけのこや　稚(おさ)なきときの　絵のすさび

竹の子を見て子供の頃、竹の子の絵を描いて遊んだことを思い出した。

［聞こえたや　お好きな酒の　殿のさび

聞いたかい、またサビの利いたいい声だねぇ。あんたんとこの大将かい？］

326

いざともに　穂麦喰(くら)わん　草枕

さあ、一緒においしい物を食べなくてもいいから旅を続けよう。

［岩間咲く　ぎくと睨むも　本桜

岩の間のすごい所に桜が咲いていて一瞬びっくりしたが、桜に間違いがなかった。］

327

行く駒の　麦に慰む　やどり哉

行く途上、馬も麦を沢山食べて休んだようだ。

咲く訛り　麦こぐに止む　湯殿かな

湯殿から訛りの効いた歌が聞こえていたが、麦を脱穀し始めたら止んでしまった。

328

一日一日　麦あからみて　啼く雲雀

日毎に麦の穂が色付いて来たなと見ていたら、ひばりが啼いていた。

人一日　手向かば　秘儀あり　皆開く

自分に向けられた苦難に一日でも真剣に立ち向かえば、天上より智慧の泉門が開かれるんですと、ある僧の説教。

329

麦の穂を　便りにつかむ　別れかな

別れの辛さでついよろけ、あわてて麦の穂をつかんでしまったほどだ。

形よ褒む　夏に別れの　麦を刈り

秋を迎えて、いい形にできたと褒めつつ麦を刈りました。

330

里人は　稲に歌よむ　都かな

農家の田植え歌は、歌人が都で詠うのと同じだと感じました。

> 里は鐘　何歌い詠む　都びと
>
> お寺の鐘が鳴り、里は静かになったが、都人はこれから歌会などで賑やかになるだろう。

331

田一枚　植えてたち去る　柳かな

田植えが終わったのを見て、私の思いも振り切り、柳に送られて出立だ。

> 内儀いて　田植えや最中（さなか）　乳たまる
>
> かみさんも田植えに引っ張り出され、子連れで手伝いをしておりました。

332

西か東か　先ず早苗にも　風の音

早苗に吹く風の声をも聴いてから、出立の行く先を考えよう。

> 島の人　何か風さえもが　お静かに
>
> 島の人たちはおっとりとしていて、風さえもゆったりです。

333

風流の　初めや奥の　田植え歌

奥州に初めて聞く田植え歌は、とてもいいですねぇ。

植えた藤　八田の龍　這う奥の梅

植えた藤が、神話の八田の龍神の如く伸びて、奥の梅の方まで押し寄せた。

334

早苗とる　手もとや昔　しのぶ摺(ずり)

早苗とる女たちの手つきに、昔のしのぶ摺り（絹織の一種）の姿を感じる。

武蔵野や　ぶなとて帰る　百舌と知り

マネ上手の百舌だから、泊まり木の橅(ぶな)さえ何の鳥かわからないでしょう。

335

雨折々　思うことなき　早苗哉

時折降る雨が、心配のないように早苗を大切に育ててくれる。

魚売り　お隣大きな　声も雨

魚売りも、お隣の魚屋を呼ぶ声も、互いに雨音に負けないように大声だ。

336

世を旅に　しろかく小田の　行(い)き戻り

田で代掻(しろか)きをする人のように、わが旅も行きつ戻りつだ。

〔どの比丘も　愚かを知りよ　頂きに

仏門を志した比丘たちよ、自らの頭での考え方の愚かさを自覚しなさい。〕

337

柴附(しばつ)けし　馬のもどりや　田植樽

背に薪を乗せてやって来た馬が、帰りには田植え祝いの酒樽を背にしている。

〔偲ばるや　植え付けただし　戻り馬

田植えの苦労が大変でしたが、馬だけは別で、背中に酒樽が乗っていました。〕

338

降る音や　耳もすうなる　梅の雨

長雨で、雨音も聞き飽きていやになる。

〔うみも雨　古巣の音や　鳴海埋め

古巣の琵琶湖の雨音が思い出されるほど、鳴海の雨量が多く、湖になりそう。

（うみ＝琵琶湖）〕

339

五月雨に　御物遠（おんものどう）や　月の顔

降り続く雨で、お月様とはすっかりご無沙汰です。（御物遠＝ご無沙汰）

面清（おもさや）か　弥陀のお堂に　連れの金

法隆寺の阿弥陀三尊に詣り、金色の脇侍の二尊とともにお顔が清々（すがすが）しく輝いておられた。

340

五月雨も　瀬ぶみ尋（たず）ねぬ　見馴河（みなれがわ）

増水した見馴河の、水増しの具合を五月雨が雨足を入れて測っているようだ。

五月雨が　皆ずぶぬれも　世話ねたみ

五月雨の私も、そんなに強く水をかけたわけじゃないのに、大げさじゃないの。

341

五月雨や　竜頭あぐる　番太郎

木戸番が激しい雨の中、点灯し、まるで龍神様の灯火みたいだ。

竜宮や　朝晩だれと　見る太郎

竜宮城に招かれた浦島太郎は一日中だれと一緒に歌や踊りを見て楽しんでいるのだろうか。

342

五月の雨　岩ひばの緑　いつ迄ぞ

長雨で岩ひばは美しいが、そろそろ雨は止んではどうかね。

緑雨（みどりあめ）　いつ迄の　翼ぞ岩檜（いわひのき）

長雨に、いつまで傘代わりに翼を広げていればいいというのかね。

343

五月雨に　鶴の足みじかくなれり

こう降られては、鶴も水かさのために素敵な長い足も短く見える。

見下され　身近に馴れり　蘆の鶴

人は鶴には手出ししないと知ってか、または近づいても蘆に隠れたつもりか。

344

五月雨や　桶の輪きるる　夜の声

五月雨の夜、水桶のたがが切れたような音がした。

けだるき夜（よ）　猿の追われる　闇の声

雨でうっとうしい夜に、猿の喧嘩（けんか）か、甲高い声がする。

345

さみだれに　鳰(にほ)の浮巣を　見に行かん

五月雨が続くので、琵琶湖の鳰の浮巣を、一寸見に行かなければ。（にほ＝琵琶湖）

海の先　だれ見に行かん　にほに巣を

川の巣が海に流されそうだ。やはり琵琶湖に移すべきかと、鳥が騒いでいる。

346

髪はえて　容顔青し　さ月雨(つきあめ)

うっとうしい雨の日、鏡を見ると、髪も伸び、冴えない顔が映っている。

月冴えて　網か魚河岸　早よ編めん

もっと早く明日の網の繕いができないのか、河岸もそろそろ暗くなる。

347

五月雨に　かくれぬものや　瀬田の橋

この五月雨でも、瀬田の長橋は、水にかくれずに頑張っている。

枯れた野に　雲の濡れ肌　見せやさし

雨が降らずすっかり枯れ野になってしまったが、やっと露を含んだ雲がゆっくりとやって来ました。

348

海ははれて　ひえふりのこす　五月哉

琵琶湖の辺りは晴れでも、比叡の方は少々まだ降っているようだ。

うみ吹かれ　菜の葉はこすり　冷えて五月

五月になって琵琶湖も吹き荒れ、菜の葉はこすられ肌荒れだ。

349

さみだれは　滝降りうづむ　みかさ哉

雨続きで、川の中に滝が吸い込まれそうだ。

降り乱れ　滝は渦波　かさむ嵩（かさ）

めちゃめちゃに降られ、滝は渦を巻き水量も増してきた。

350

笠島は　いづこさ月の　ぬかり道

五月雨で笠島に行くにも、道がぬかっていて行くことができない。

地（じ）の神　子は授かり　今尽きぬ幸

地を守るお地蔵さん、いつもありがとさん。お陰さまで赤ん坊も元気です。

351

五月雨の　降りのこしてや　光堂

うっとうしい五月雨でも、光堂だけは避けて行ったように輝いている。

〔残されし　光ふりてや　弥陀の堂
最後に弥陀堂に降り注ぐは、尊い御光でした。〕

352

五月雨を　あつめて早し　最上川

最上川も、五月雨で水かさを増し、ごうごうと流れている。

〔騒がして　はや雨を持つ　乱れ髪
雷でゴロゴロと脅かされ、もう雨を降らすと雲が言うので髪を振り乱して帰宅した。〕

353

日の道や　葵(あおい)傾く　さ月あめ

五月雨の中を、葵が日の光の方へ花を傾けている。

〔ああ目引くや　お上(かみ)の沙汰　きつい鞭(むち)
葵といえば徳川様。傾くなど詠んで、へたしたら鞭打ちでは済まなかったかも。〕

354

五月雨や　色紙へぎたる　壁の跡

五月雨で、目を内にやると、壁に色紙をはがした跡を見つけた。

食べ知るや　さみだれ来しか　あのへぎと

五月雨の鴨川の筏流しの如く、喉に流れるへぎそばのうまさは、食べてみなければわかりません。

355

さみだれや　蚕煩（かいこわずら）う　桑の畑

五月雨の中を、病んだ蚕が畑に捨てられていた。

蛸神（たこかみ）拝さず　桑のだれ　笑うや

釜茹（かまゆ）でまぢかの蛸は、神も仏もあるものかと自暴自棄になっている。自分の身を削って育てた蚕も明日は同じ運命、どうして桑の木が蛸のことを笑えましょうや。

356

さみだれの　空吹おとせ　大井川

いい加減に川止めの大井川の雨を、風で吹き飛ばしてくれ。

お～い通せ　空吹き去れ　美濃川だ

お～い空よ、間違えるな、ここは美濃川だ、通してやれ！

357

這い出でよ　飼屋（かいや）がしたの　ひきのこえ

蚕を飼っている部屋の下から、ヒキガエルの声がしている。出ておいで。

下の声　弥生がひきの　はいかいで

今宵はひきの徘徊（はいかい）、いや俳諧の集いです。

358

かたつぶり　角ふりわけよ　須磨明石

かたつぶりさんよ、二つの角で須磨と明石を示してくだされ。

かぶけつつ　あの尻襖（ふすま）　夜渡りか

座敷住まいの鼠が、家人の様子を窺いつつ勝手な振る舞いをしているが、隠れたってふすまから尻が見えてるよ。

359

愚にくらく　棘（いばら）をつかむ　蛍哉

愚かしくも、蛍をつかんだと思ったら、いばらをつかんでしまった。

喰いつくな　たかる蚊をば　ほら二グラム

朝起きると十カ所も蚊に血を吸われ、合計二グラムの提供だ。蚊はメスだけが血を吸って、一回で〇・二グラムで満腹するという。

360

草の葉を　落（おつ）るより飛ぶ　蛍哉

葉から落ちたと思ったら、そのまま飛んで行ってしまった。

「帆を解くか　よお　ぶさたなり　春の鶴

大変ご無沙汰していた鶴が、春になり大きな帆のような翼をたたんで下りて来た。（よお＝随分と）」

361

めに残る　よしのをせたの　蛍哉

今も目に残る、吉野の桜に負けないほど蛍は見事。

「この吉野　何を攻めるか　田の蛍

蛍が源平の戦いのように乱舞している。多分、源氏蛍と平家蛍たちだろう。」

362

このほたる　田ごとの月に　くらべみん

この瀬田の月と、田んぼごとに映える月の美しさを比べてみよう。

「他人事　好みのほたる　月比べ

人の好みはわからぬが、どの田の月がいいか比べてみよう。」

363
己が火を　木々の蛍や　花の宿
宿の部屋ごとの明かりのように、蛍は宿っている木に、それぞれ窓のように明かりをつけている。

〔長の日を　夜起きの蛍　萩の宿
昼は日がな萩を見て、夜中は蛍を見るために起きているが、一体いつ休むのか。〕

364
蛍見や　船頭酔うて　おぼつかな
蛍見物中、振る舞い酒に酔って、船頭がまともでなくなった。

〔発つなんて　坊仰せかや　よる御堂
この夜中に何を思ったか、お堂からもう出発とは、御坊がおっしゃったか。〕

365
わが宿は　蚊のちいさきを　馳走也
我が家では、もてなしもろくにできないが、せめて蚊が小さいくらいの心配りしかできないのです。

〔我が庵は　父誘うかな　木遣り喉
せっかく我が家に来てくださるなら、父を呼んで木遣りで一杯やりませんか。〕

366

うき人の　旅にも習え　木曽の蝿

蝿の多い木曽路の宿を厭(いと)うことなく、それも世のお勉強のうちと心得召され。

奈良に来た　その憂き人も　海老の映え

奈良に来られた、この俳人も、また見事な腰の曲がりようだこと。

367

山のすがた　蚤(のみ)が茶臼の　おおいかな

富士山の姿が、「蚤が茶臼」と諺にもあるように、でんとして茶臼の覆いに似ている。

素顔見なや　能の茶の顔　舞い姿

能茶を一服いかがでしょうか。

368

蚤虱(のみしらみ)　馬の尿(ばり)する　枕もと

蚤や虱、挙げ句の果てには、馬の小便する音までする一夜の宿であった。

身も伸ばし　のらりと暮らす　見得るまま

どなたに見られていようと、伸び伸びとゆっくり暮らしたい。（※「尿」を「ばり」と詠む場合。雄馬だと思う方はこの句を詠んでください）

368

蚤虱（のみしらみ）　馬の尿（しと）する　枕もと

蚤や虱、挙げ句の果ては、馬の小便する音までする一夜の宿であった。

するると　飲みくらみと申し　しらのまま

飲んでいなかったのに、女の子にさわり取り調べられ、飲んでいてふらついたと嘘（うそ）を言っている。（※「尿」を「しと」と詠む場合。雌馬だと思う方はこの句を詠んでください）

369

梢より　あだに落ちけり　蝉のから

梢から花ならぬ、蝉の抜け殻が空しく落ちた。

あせりかけ　弥陀の智慧より　怒らずに

災いを他から被った時など、ことにカオスと受け止め、菩提心で対処したいものだ。

370

撞鐘（つきがね）も　ひびくようなり　蝉の声

耳をつんざくような蝉の声につられて、寺の鐘も鳴り出しそうだ。

蝉の声　聞くな釣鐘　ひび模様

あまりにもうるさい蝉の騒音で、釣鐘が割れてひびが入りそう。

371

閑(しづか)さや　岩にしみいる　蝉の声

辺りは蝉の声のみ、それが岩に沁(し)みるようにすっと入って行くようだ。

怖わ見える　至誠に易(やさ)し　伊豆守

智慧伊豆と呼ばれた老中松平伊豆守信綱は、数々の功績を残し、また怖そうに見られるが、自らは慎ましいお人だったと聞く。

372

やがて死ぬ　けしきは見えず　蝉の声

じきに死んでいく身とは思えない、蝉の激しい声だこと。

主(ぬし)見えず　欅(けやき)が蝉の　声はして

蝉の姿は見えませんが、欅の木の中から声だけが聞こえている。

373

関守の　宿をくいなに　とおうもの

関守同然の何々さんの家はどちらかと、くいなに聞けばよかった。

関守に　宿をと云うな　おののくも

関守におどかされても、宿を探しているなどと余計なことを言うな。もう決めてあるとあまり詮索されぬよう気をつけよう。

374

この宿は　水鶏（くいな）もしらぬ　扉（とぼそ）かな

ひっそりとしたこの家は、くいなも扉をたたかない。

かくやこそ　いなぼらとどの　名はぬしも

あなたもこの出世魚が、ハク、オボコ、スバシリ、イナ、ボラ、トドと名を変えるように心を磨いて、このような人だからお国の大事な仕事を任せて安心というほどの人になってください。

375

水鶏啼く　人のいえばや　佐屋泊（さやどまり）

くいながよく啼く所だと人に誘われて、佐屋で一泊しました。

ひくいなや　えさどないやと　間（ま）の配り

なかなかくいなが来てくれないので、えさを時折まいてみた。

376

又やたぐい　長良の川の　鮎なます

この長良川の鮎のなますは、比類のないおいしさだ。

明日またぐ　長屋の湯　又の笑いかな

久しぶりに焚いた湯に、長屋の連中が次々に現れ、一晩中笑いが絶えない。

377
面白て　やがてかなしき　鵜ぶねかな

鵜飼いの舟の漁は、面白いけれど、じきに何やら悲しくなってしまう。

〔てて無しも　しがなき鵜舟　かかやお牢

首にヒモをつけられて、まるで牢につながれているような母を見たら、父親のいない子が、こんなにまでして自分を育ててくれている母の姿に涙を流すだろう。〕

378
雪の鰒　左勝ち　水無月の鯉

冬の鰒汁と、六月の鯉の洗いと比べると、鯉の方に軍配だ。句会では左に勝った句を書く習わしがあるという。

〔君のこなき　鰒左勝ち　伊豆の湯

鰒食べに来れないって？　まあ二人分、ゆるりと頂こう。〕

379
みな月は　腹病やみの　暑さかな

六月は、皆さんにとっても腹痛を患うような暑さですねぇ。

〔文月は　皆病躯かや　夏の朝

病人は、朝が待ち遠しいというが、皆さん早起きで本当に病気持ちなのかな。〕

380

水無月や　鯛はあれども　塩くじら

六月は鯛もいいが、塩漬けの鯨も捨ておけないなぁ。

喰いなじみ　やたらあれども　きづは塩

いつも塩鯨は好きだから随分頂くが、塩分の取り過ぎには注意している。

381

六月(ろくがつ)や　峰に雲置く　あらし山

暑い盛りの嵐山の頂の上に、雲がどっかと居座っている。

嵐山　雲つく屋根に　弥勒(みろく)顔

嵐山近くの広隆寺の山門に入る時、参詣の皆さんの顔が弥勒のように見えた。

382

暑き日を　海に入れたり　最上川

やっとこの暑さを水に浸してくれたのか、涼しくなった。

淡い月　苦(にが)り僻(ひが)みを　うみ凭(もた)れ

月の淡い夜、琵琶湖に来て、自分の苦い思い出や僻みの気持ちをこの湖に洗ってもらいました。さぞ湖は凭れてしまったことでしょう。

383

近江蚊帳（おうみがや）　汗やさざ波　夜の床（とこ）

近江の蚊帳で寝る夜は、琵琶湖のさざ波に涼む感じだ。

夜の海　起こせさざ波　ややが後

子供が寝た後、琵琶湖よ、そよそよと風をこの子に送ってくれまいか。

384

汗の香に　衣ふるわん　行者堂

役小角（えんのおづぬ）を祀（まつ）るお堂を拝するにあたり、汗臭い衣をはたこう。

僥倖（ぎょうこう）も　伏せるに赤の　泥茶碗

欲しいと思っていた泥茶碗が手に入ったというのに、あまり人に言いたくない気持ちもしている。

385

命なり　わずかの笠の　下涼み

西行が「命なりけり」と詠んだ地で、旅笠の下で私は細々と命をつないでいる。

わいのなり　かかさずすずの　立ち飲みし

私の生き方は、毎日立ち飲みの酒を飲むくらいのものだ。（すず＝酒）

386

百里来たり　ほどは雲井の　下涼み

旅多き人生を終えて、今は郷里の空の下でのんびり涼んでいます。

〔百は生く　凜々(りり)しき程の　佇みもす

ご老体は、百歳までも生きられるような、凜々しいお姿でいらっしゃる。〕

387

忘れずば　佐夜の中山にて　涼め

覚えていれば、是非、西行ゆかりの「佐夜の中山」を通って涼んでみなさい。

〔世捨てなや　飲まずに別れ　醒めばすず

弟子の風瀑(ふうばく)と酒を飲まずに別れたが、どうにも飲まずにはいられない。これでも世捨て人といえるだろうか。〕

388

たのしさや　青田に涼む　水の音

一面の青田を見て、ちょろちょろと水の音を聞くのは実に楽しい。

〔鈴虫の　沙汰や青田に　みずの音

鈴虫の便りか、青田に水の音が聞こえる。〕

389

南(な)もほとけ　草のうてなも　涼しかれ

御仏(みほとけ)よ、粗末な庵の台(うてな)ですが、どうぞ御安座くだされ。

> 静かさも　救う手もほとけ　名なのれ
>
> 心の安らぎも苦しみも救っていただきました。一体、貴方様はどなた様でしょうか？

390

瓜(うり)作る　君があれなと　夕涼み

君がいたときは瓜を作ってくれたなぁ、と思いつつ夕涼み。

> 君が来る　夏瓜(なつうり)あれと　夕すずみ
>
> 毎年夏になると来てくれる君と、夕すずみをしながら瓜を食べたいが、いい瓜が果たして手に入るかな。

391

松風の　落葉か　水の音涼し

風が松に当たり、葉が落ち川の水音も涼しい。

> 風松葉　自ずの道か　すずと塩
>
> 風吹けば松葉が散るし、酒を飲めば一寸塩気が欲しくなるのも自然なのか。

392

このあたり　目に見ゆるものは　皆涼し

この辺りは、目に入るものは皆涼しげでいい。

清水もの　茄子には身の凝る　当り夢

初夢の縁起のよい順は、一富士二鷹三茄子（なすび）、四扇五煙草（たばこ）六座頭、七にちょんまげ八はバラ、九は歌舞伎となっているようですが、茄子だけはその年に「なす」ものを完成しなければならない「しんどさ」がつきまといます。

393

涼しさを　我が宿にして　寝まる也

涼しくて、ここはいい。我が家でくつろいでいるようだ。

鈴を手に　宿りし長寝　猿回し

よほど疲れたのか、宿に泊まった猿回しが、猿を檻（おり）に入れずに猿の首の鈴の付いた紐（ひも）を手にしたまま睡（ねむ）ってしまった。

394

涼しさや　ほの三日月の　羽黒山（やま）

羽黒山の三日月も、ほのかでここは涼しい。

盃や　羽黒の山の　星涼み

羽黒山は星が輝いて涼しい夜となったが、月が山に近づくまで一杯やりながら待つとしよう。

395

夕晴れや　桜に涼む　浪の花

夕晴れの桜の木陰で涼んでいると、波が風で花のようにきらきらしている。

〔夕闇に　ばらすな群れず　花の咲く

暗くなったが、きれいな花が一本咲いているのを見つけた。誰にも教えないでくれよ。〕

396

汐越（しおごし）や　鶴はぎぬれて　海涼し

汐越の浅瀬に、鶴がくつろぎ涼しそう。

〔水惜（おし）し　晴着縫うてや　鶴過し

あの鶴は、自分で晴着を縫って着ているようだが、水に濡れて一寸もったいない。〕

397

あつみ山や　吹浦かけて　夕すずみ

その名も暑き、温海岳から吹浦まで、遠景での夕涼みが結構。

〔夕涼み　舞うや熱く闇　更けてから

夕涼みしてから夜更けにかけて、踊りが盛り上がっていくのだ。〕

398

小鯛さす　柳涼しや　海士がつま

小鯛を柳の枝に口ざしにして、漁師の妻が持ち歩いて涼しそう。

すずしさや　漕ぎ出す海士が　今や夏

一寸今日は涼しい朝だが、季節はもう夏だといい、海士たちは海へ出て行った。

399

うら見せて　涼しき滝の　心哉

人の心底まで見せるように、滝は裏まで見せておもてなしをしているようだ。

こころ憂き　好きかて信濃　見せたらず

信濃はいいところですねというあの人に、もっと案内をしてあげたらと残念に思っています。

400

川かぜや　薄がき着たる　夕涼み

川風に、人々の薄柿色の帷子が、一層涼しさを感じる。

薄柿や　浮き床涼み　風わたる

薄柿色の浴衣を着た女性たちが、四条河原の川床で夕涼みをしています。

401

唐破風の　入り日や薄き　夕涼み

唐破風の辺りを染める入り日も薄らいで、夕涼みに格好の時分となった。

からす瓜　早や翡翠(ひすい)の　富貴実柚子(ゆず)

夜にしか咲かない烏瓜(からすうり)の花は、すでにレースに包まれた翡翠のように美しく、実は柚子のように甘酸っぱい香りがする。

402

皿鉢(さらばち)も　ほのかに闇の　宵涼み

宵闇迫る夕方、夕涼みをしていると、皿や鉢の白さが格別に浮かぶのも不思議。

神宵の　水散らさばや　干すものに

雨の神様、竹竿の洗濯物が乾いた時分の水まきは、一寸遠慮してくだされ。

403

涼しさを　飛騨のたくみが　指図哉

この家の涼しさは、飛騨の匠(たくみ)の設計によるものなのか。

ただ日が悲し　棹(さを)さす　水のしづく

ただただ涙多き悲しい一日であったが、まだ棹先の雫のような涙が落ちる。

404

涼しさや　直(すぐ)に野松の　枝の形(なり)

野の松をそのまま移し替えたものですが、見事な枝振りです。

信濃の山に　巣立つ　さえずりの過ぐ

今鳥たちの巣立ちです。一寸騒がしいが、この信濃の山に飛び立つ喜びの声を聞いてやってください。

405

涼しさを　絵にうつしけり　嵯峨の竹

絵にかいた竹が、本当に涼しそうに描けている。

涼しけり　四月に竹を　笹の上

四月に丈の短い笹の後ろに長い丈になる笹を植えたら、もう若竹になって見栄えがしてきた。

406

飯あおぐ　かかが馳走や　夕涼み

亭主が夕涼み中、かみさんが炊きたての飯を煽(あお)いで冷やしている。

静かかや　薄目がち見ゆ　仰ぐ僧

高僧の像を仰ぎ見ていると、高僧も自分を見てくれているようで心が穏やかになった。

407

風の香を　南に近し　最上川

南の最上川から、いい風が吹いてくる。

鴨が輪を　南か西が　風のみち

鴨が輪をえがいて飛んで行く。南へ行くか西へ行くか、風を探しているようだ。

408

ありがたや　雪を薫らす　南谷

出羽三山の中でも、この南台は、夏も雪を残して、風が涼やかである。

阿弥陀なら　姿や薫り　雪を見に

御仏（みほとけ）が示現される場合は、必ず薫るものなのであります。

409

風かおる　こしの白根を　国の花

北陸の白山は、国を代表する山で、吹き下ろす風もすがすがしい。

華送る　風の白根に　越（こし）の香を

やはり越の顔ともいうべき白山は、華も香もある素晴らしいお山です。

410

風かおる　羽織は襟も　つくろわず

石川丈山の庵を訪ね、画の中の丈山の飾らない容姿に感動した。

口説(くぜつ)終え　羽織は買わず　もろ借りる

夫婦喧嘩の仲直りの条件として、お付き合いで着る羽織を買わずに、その代わりとして着物も羽織もすべて借りることで落着しました。（口説＝夫婦喧嘩）

411

松杉を　ほめてや風の　かおるおと

常寂光寺の境内の、松や杉の立木の間を吹く風が、音を立てて行く。

お手をほめ　待つ音蚊帳の　過ぎる風

かやの中で友人と碁を打ち、相手のいい手を褒めたり、次の打つ音を待っている間にも、かやを通り過ぎる風の心地好(よ)さ。

412

さゞ波や　風の薫りの　相拍子

琵琶湖のさざ波が、風と拍子を合わせ心地が好い。

波風や　祈りし並座(びょうざ)　丘の朝

台風で多くの被害があったが、誰も亡くなる人が出なくて有難い。何とかこの丘も二体の仏像が見守ってくれていたためか、素晴らしい朝を迎えることができました。

413

むすぶより　早歯(はや)にひびく　泉かな

すくった水が、歯にしみる冷たい泉だ。

［冷や水に　呼ぶ母すくむ　稲光

冷たい飲み物ができたよと呼ぶ母に、突然の雷光が光り、母がびっくりしてしまった。］

414

さざれ蟹(がに)　足はいのぼる　清水かな

きれいな川の石の上に、小さな沢蟹が這い上がっている。

［数登る　石は波足　さざれ蟹

蟹が岩石に無数によじ登り、まるで舟の波足のようであった。］

415

城あとや　古井の清水　先問(まずと)わむ

城跡にあって、今でもこんこんと湧き出でる清水を、まず訪問してみたい。

［水溢る　岩飲まむとし　社(やしろ)閉ず

大嵐で、岩も飲み込まれる洪水となり、社の人も退避した。］

416

湯をむすぶ　誓いも同じ　石清水

那須の温泉神社で、お湯で手を清めるうち、京の石清水八幡大明神の清水も、同じ八幡であることを思い出した。

【湯も云わず　地を結ぶ神　同じ意志

温泉大明神も言わずもがな、この土地につながり、石清水八幡大明神も同じ意志を持つエネルギーとして、衆生を済度するであろう。】

417

水の奥　氷室尋ぬる　柳かな

この涼しげな柳の川の源を訪ねてみると、氷室に行くのではなかろうか。

【顔ぬる日　柳の手綱　水黒む

化粧して待っていた人が来て、柳に手綱を結んでいたら、川に黒馬の影が映った。】

418

夏の月　御油よりいでて　赤坂や

御油と赤坂宿の間は短いので、もう月は御油より赤坂宿へわたったか。

【月出（いで）て　赤坂よりや　夏の御油

赤坂まで行くより、月を眺めながら御油の御湯にてゆっくりしよう。】

419

月はあれど　留守のようなり　須磨の夏

月は明るいけれど、残念なことに亭主は留守であった。

淀（よど）の荒れ　夏の須磨うなり　月は留守

月見をしようとしたが、淀川は天気が荒れ模様、須磨も波が台風でうねっていてとりやめました。

420

月見ても　物たらはずや　須磨の夏

須磨の夏は、お月様さえぼんやりとして味気ない。

夏の山　物たらはずも　月澄みて

夏の山は、まだ紅葉には早く殺風景であるが、夜の月の美しさで我慢しよう。

421

蛸壺（たこつぼ）や　はかなき夢を　夏の月

明日つり上げられるとも知らず、蛸は安住の住処（すみか）を見つけたご様子。

蛸焼の　壺つゆ舐めつ　はかなきを

蛸はよほど壺がお好みと見え、たこ焼きにされたり、壺たれをかけられたり、悲しさも一入（ひとしお）である。

422

手を打てば　木魂（こだま）に明くる　夏の月

未明のお月様を拝み、柏手（かしわで）と共に夜が明けた。

まだつつく　気になるあの子　手を打てば

またちょっかいを出して、うちの子はあの子が好きらしいから、お父さん、そろそろ話を持って行ったらと母親が気を揉む。

423

足洗うて　ついあけやすき　まろ寝かな

宿に着いて足洗ってごろ寝したかと思ったら、もう夜明けだ。

あす明けて　茜（あかね）白黄色　馬や夏

夏六月、チャグチャグ馬コ祭が明日ですよ。

424

夏の夜や　崩れて明けし　冷し物

夏の夜明けは早く、昨日用意しておいた冷し物が崩れてしまった。

よしずなく　冷の物しや　手厚けれ

せっかく来てくれてたのに、よしずも用意していなくて、せめて心ばかりの冷たい物でも食べてくだされ。

425
窓なりに　昼寝の台や　たかむしろ
風の通る窓辺に寝る場所を作り、竹むしろを敷いて寝たいものだ。

〔山城の　中に寝た昼　どだい無理
昔の山城で一休みしたらと、横になってみたが、とても寝るどころではなかった。〕

426
団扇(うちわ)もて　あおがん人の　うしろむき
尊敬する人のうしろ姿に、せめてもの風をうちわで送りたい。

〔碧(あお)き天地　人の生む雨露も　わが師
如何なる成長も、あらゆる人のお陰、天の恵みにほかならず、謝念の毎日であれ。〕

427
富士の風や　扇にのせて　江戸土産
旅の途中で、富士山の風を扇に仕込んだので、江戸みやげにしよう。

〔みやげ増え　どぜうの字乗せて　おにぎやか
いよいよ我が家も近づいて、お土産も多くなったが、その上に浅草のどじょうの包みも加わって大荷物だ。〕

428

ひらひらと　あぐる扇や　雲の峰

白扇をひらひらと挙げて舞う太夫の姿は、沸き立つ雲の群れを思わせる。

［暗闇の　檜扇も寝る　人あぐら

あわただしい明日の祭りの準備も長丁場で、人も一服。］

429

水むけて　跡といたまえ　道明寺

暑さの中を、母上の霊に糒（ほしい）を手向け、手を合わせたまえ。

［御霊（みたま）むけて　あとといえず　道明寺

お参りの前に名物の桜餅をと言いたいところだが、先にご先祖に手向けました。］

430

青ざしや　草餅の穂に　出（いで）つらん

この青ざしは、草餅から穂を出した物であろう。

［青差しや　ほんのついでに　桜餅

青差しに通すほどの金を持って遊びに行き、残った小銭で桜餅を土産に買いました。］

431

清滝の　水汲みよせて　ところてん

清滝川から汲んだ、冷えた水のところてんが、とてもうまい。

瀬田の菊　よろず天気と　こよみ見て

お天気は上々だし、暦を見たり、万端怠りなくして、菊を見にお出かけしよう。

432

うつくしき　そのひめ瓜や　后(きさき)ざね

瓜実顔(うりざねがお)とはよく言ったもので、高貴なお方にはぴったりだ。

瓜ざねの　月妬き誘う　奇(く)しき姫

あの美しいお月様さえ、地球の男にとられないように声をかけるほどの、麗しきお姫様であることよ。

433

闇夜(やみのよ)と　きつね下ばう　玉真桑(たままくわ)

真桑瓜を、闇夜の狐が狙って、大げさに警戒しながら近づいてくる。

渡し場と　狐の供養　また深山

水辺や山中の狐火は、供養のためとか、人を化かしてご馳走を頂くとか、さまざま噂は絶えません。

434

山陰や　身を養わん　瓜畠

養生するなら、瓜畑のある、この山陰の地がいいですよ。

〔偈(げ)を受けば　皆真たりや　山や川

如来の偈ほど、深遠なる意味を持ち、この世に解き放たれているものはなし。〕

435

初真桑　四(よつ)にや断(たた)ん　輪に切らん

初物の真桑瓜は、包丁を縦にしようか横にしようか、食べるまでが大変。

〔月に酔わん　藁炊くや　初荷待たん

待ちに待った初鰹が手に入るので、藁を焚く準備をして、お月様の出を待つだけです。〕

436

我に似な　二つにわれし　真桑瓜

瓜二つとはよく言ったものだが、俳句の世界じゃ似ているものは面白くないね。

〔旨しふく　われにわれにに　綱渡り

うまいのはわかるが、争うようにふぐを食べているので、毒にあたりはしまいかと心配だ。〕

437

柳小折（ごり）　片荷（かたに）は涼し　初真桑

瓜と荷物の振り分け道中、これもまた涼しそう。

「初孫は　割に涼しく　柳肩

初孫の女の子は、涼しい目鼻立ちの上に肩もなで肩だと、孫かわいがり。」

438

あさつゆに　よごれてすずし　瓜の土

土などついている穫れたての瓜は、新鮮味が感じられる。

「釣れずして　ウニ鮎夜釣り　幸のすご

結局何も釣れず、夜、料理屋で海の幸を沢山頂きました。」

439

瓜の皮　むいたところや　蓮台野（れんだいの）

うむ、蓮台野でこいつの皮むいたの覚えてるよ。瓜、旨かったもの。

「剥いたかりん　だれの子　やいのと笑（わろ）う

かりんの皮が、くるくると切られていくのが面白く、幼児（おさなご）がせくように笑いが止まらない。」

440

花と実と　一度に瓜の　さかりかな

いそがしい瓜は、花と実は一度に出来るんだなァ。

〔花の盛り　如何にと問う　波千鳥

働き盛りの貴方ですが、この世の荒波をどうお感じでしょうか。〕

441

瓜の花　しづくいかなる　忘れ草

瓜の花からこぼれる雫を見ていると、煩わしいことを忘れてしまいそうだ。

〔瓜食い　花嗅ぐなの　指図（さしず）忘れる

瓜を食べながら瓜の花を見ていると、物忘れするという言い伝えを言い忘れてしまった。〕

442

ゆうべにも　朝にもつかず　瓜の花

瓜の花は、日中の日盛りに開くとは、冷え性なのか。

〔朝の百舌　花売りに勝つ　夕べにも

人の売り声も、やはり百舌には敵いそうもないね、朝も夕も。〕

443

めづらしや　山をいで羽(は)の　初茄子(なすび)

羽黒山を出るか出ないかのうちに、ここの名物の茄子を頂けるとは。

初日をや　石の葉山で　すずめなら

子雀の巣立ちの日、石切場など石の多い葉山だが、この子なら大丈夫、しっかり飛べるだろう。

444

ちさはまだ　青葉ながらに　なすび汁

青葉のままの「ちしゃ」の和え物に茄子汁、結構。

名は陀羅尼(だらに)　おちび学ばす　匙がある

勉強を嫌がる子供に、修験道の人から貰った陀羅尼という苦いものを、少々眠気覚ましに与えた。

445

酔うてねむ　なでしこ咲ける　石の上

辺りになでしこの咲くこの辺で、一杯やってから寝るとしよう。

寝むるなて　証拠いでし　酒の上

あんたがやったことは判っているんだ、寝る前に何とか一言白状しなされ。

446

なでしこに　かかるなみだや　楠（くす）の露

楠の葉の露が、撫子（なでしこ）にかかるのを見て、正成（まさしげ）の涙の別れを思い出し、涙した。

【撫子の　巣立つや似るか　行く身かな

この弱々しい撫子のような吾が子の旅立ちにあたり、自分に似て頑張ってくれるだろうか、別れにあたり祈るしかない。】

447

雪の中の　昼顔かれぬ　日影哉

昼顔は、冬の雪の中でも夏の日盛りでも、枯れません。

【泣かぬのか　木揺れ昼顔の　日影かな

木の陰になって日が当たらずに、昼顔が困らないのか。】

448

昼顔に　米つき涼む　あわれなり

昼顔の咲くそばで、年をとっているのか、米つきが休んでいる姿が気の毒だ。

【米がある　月日に馴れり　追わず済む

米だけでも頂けるのが有難い。食べるだけの生活から少々解放された。】

449

ひるがおに　昼寝しようもの　床(とこ)の山

床の山の名にちなみ、昼顔と添い寝をしたいものだ。

〔
二の丸や　和尚が一寝　昼の菰(こも)

二の丸は高僧しか入れない所だが、敷物を敷き、和尚がうとうとなさっている。
〕

450

鼓子花(ひるがお)の　短夜ねぶる　昼間哉

夏の短夜のせいだろうか、昼顔が眠たそうだ。

〔
かじか呼ぶ　ひまなる昼の　寝顔見る

昼寝の子供の寝顔を見ていると、河鹿(かじか)が起きよ、起きよ、と呼んでいるようだ。
〕

451

子ども等よ　昼顔咲きぬ　瓜むかん

子供たちよ、昼顔の咲く暑い時だ、冷たい瓜をむいてあげよう。

〔
聞かぬ子も　拝むより昼　皿うどん

御説法を、我慢して聞いている子も、全く聞かぬ子も、後の皿うどんの方に気が行っている。
〕

452

夕顔に　みとるるや身も　うかりひょん

夕顔の花に、うっかり見とれてしまった。

御身見ると　漂流や　鴨が似る

波間に漂うが如き人生は、まさに渡り鳥のようです、ばせを殿。

453

夕顔の　白く夜(よる)の後架(こうか)に　紙燭(しそく)とりて

夜起きて、紙燭を持ってお手洗いに行くと、夕顔が白く浮かぶ。（後架＝トイレ）

憂国の　その似顔酔うてるか　徳利白し

憂国の士であった人の面影を一寸感じさせるこの御仁は、お酒も飲まず自分の先程の熱弁にまだ酔っているようだ。

454

夕がおや　秋はいろいろの　瓢(ふくべ)かな

同じような花が、秋には形も違う瓢になっている。

湯屋は　画塀秋の色浮く　お風呂かな

湯屋の画塀に画かれた秋景色が、ふろの湯に映っている。

455

夕顔や　酔うてかお出す　窓の穴

酔って顔を出したら、白い夕顔が咲いていた。

［宿の夕　酔うて赤顔　出すおなま

初めてお酒を飲んでみたいと、宿の娘さん。ちょっぴり飲んでおなまさん。］

456

夕顔に　干瓢むいて　遊びけり

夕顔の花の咲いている脇で、干瓢をむいて遊ばせていただきました。

［天平に　湯けむり遊び　お伺い

天平時代に温泉などに行く楽しみがあったたか、どなたか教えてくだされ。］

457

蓮のかを　目にかよわすや　面の鼻

能面は、外を見るのも蓮の香を嗅ぐのも、鼻の穴からだ。

［世をわかす　素の目泣かんや　目に母の

こうして能役者として世に認められるようになったのも、今客席でみてくれている母のお陰だと思うと、能面をつけた自分の目がうるんでしまう。］

458
夏きても　ただひとつはの　ひとはかな
陽気のいい夏が来ても、常緑の「一つ葉」（シダ）は一枚の葉しかつけない。

一夏の　柿花も果て　只一つ
花はもちろん、葉一枚もなく、ぽつんと柿がなっているのも滑稽である。

459
山賤（やまがつ）の　おとがい閉づる　むぐらかな
やまの木樵や猟師たちは、あまり言葉を発しない。ひっそり生きる葎（むぐら）のようだ。

親鶴（おやづる）が　神楽（かぐら）の舞と　眺むっと
つがいの親鶴が、まるで神楽舞を舞っているようにおどっている。いいみやげになった。

460
石の香や　夏草赤く　露あつし
那須の殺生石の辺りは、臭気が強く草は赤く、滴る露は熱くなっている。

痒（かゆ）や朝　蚊の食い尽くし　夏暑し
暑い夏の朝、目覚めると、蚊に随分と血を吸われていました。

461

夏草や　兵(つわもの)どもが　夢の跡

古戦場で血なまぐさい歴史を持つこの辺りは、今はただ夏草が生えるのみ。

朝の夢　わが友も着く　夏の宿

ここに遠来の友が来る夢を、朝方見ていた。何か知らせたいことでもあるのだろうか。

462

夏草に　富貴をかざれ　蛇の衣(きぬ)

蛇の抜け殻で、夏草に彩りをもたらせよ。

屋(おく)に蛇　尽きぬ富貴の　さざれかな

家の中に蛇が入って縁起がいい。リッチになれる前兆かも。

463

夏草や　我先だちて　蛇からむ

生い茂る草むらには蛇がいるから、私が先に立って行きましょう。

鍬(くわ)さびて　部屋寒む誰(だれ)な　力尽き

冷害の夏に作物も実らず、天候悪化で寒々しい部屋に、力尽きて寝ているのは誰だ。

464

馬ぼくぼく　われを絵にみる　夏野哉

馬上から、のんびり野を行く我は、絵の中にいるような気がする。

皆笑窪（えくぼ）　暴魔に別れの　菜を作る

この夏は暴風雨や干魃に悩まされたが、やっと乗り越えて、秋蒔きの野菜を作り始めたようだ。

465

もろき人に　たとえむ花も　夏野哉

はかない人の命に例えようにも、花一つここには咲いていない。

一夏と　持たなきか無二の　花萌えろ

花が一夏とは持たないように、二つとない人生の花を咲かそうよ。

466

秣（まぐさ）おう　ひとを枝折（しおり）の　夏野かな

秣を背負って行く人を目当てに、草深き野を行こう。

唐菜の日　おのしをさぐり　生かつお

唐菜（漬菜）しかない日に、お礼に頂いたのし袋に少々入っていたので、かつお売りから生かつおを買いました。

467

夏山に　足駄を拝む　首途（かどで）哉

役行者の足駄を見て、夏の思い出として出かけよう。

何をかし　拝むつどなで　あやまだか

若い嫁が姑にそろそろ孫の顔が見たいと促され、近くのお稲荷さんに手を合わせるたびに、こっそりお腹をさすり願掛けをしています。

468

島々や　千々にくだきて　夏の海

大自然の造形を、天のなせる業と想い、畏敬の念を感じつつ海を見る。

松島の　木立（きだて）や波路　千々に浮く

松島の松の姿や、海路を行く舟が点々とし、良い眺めだ。

469

山も庭に　うごきいるるや　夏ざしき

この家の座敷から見ると、山が動いて庭に入ってくるように感じられる。

月知るや　もう山に御座る　粋な庭

お月様ご覧ください、よい風情がいろいろなところにあって、よい庭ですよ。

470

夏衣　いまだ虱(しらみ)を　とりつくさず

旅の途中、衣に取り付かれた虱がまだ全部とれないでいる。

頭陀となり　まごつく身を　もろつい曝(さら)し

煩悩を払い落とす頭陀の行を始めたが、作法も判らず醜態をさらし恥ずかしい。

471

いでや我　よきぬのきたり　せみごろも

おや私に。これは蝉の羽根のように薄い上等な着物だねぇ。

われのより　脱いで着たきや　蝉衣

わたしも、今着ているものと取り替えて、着てみたいものだ。

472

別ればや　笠手にさげて　夏羽織

笠を手に夏羽織も着て、いよいよお別れの時となった。

嵩ばりて　われ翼(つばさ)やな　お陰にて

お別れに土産を沢山頂いて、羽織りがまるで翼が生えたように膨らんでしまった。

473

無き人の　小袖も今や　土用干し

亡くなった人の小袖も、今頃は土用干しされている頃だろう。

〔この暇な　宿来し祖母と　宵詣で

暇つぶしに祖母が来たので、清水寺の宵まいりに、祖母を連れて行きました。〕

474

雲の峰　幾つ崩れて　月の山

入道雲がもくもくと出ては崩れ、月山は月に照らされている。

〔魔の手突く　霊気の峰や　雲続く

悪霊の手が一切入れないよう、ピリッとした佇まいの霊峰月山である。〕

475

湖や　あつさをおしむ　雲のみね

湖は、時を追って涼しくなるが、雲はまだ名残惜しそうに湧いている。

〔水の止む　うみも朝寝を　澪（みお）つくし

琵琶湖も朝寝をしているのか、静かな湖面に澪つくしが立っている。〕

476

語られぬ　湯殿にぬらす　袂（たもと）かな

秘儀の多い湯殿山の修行に、涙を流し退出いたしました。

【何たらぬ　どの方も説かれ　濡らす湯

心に満たされぬものを持っている、それぞれの方が心に受けるものがあったことでしょう。お風呂に入ってほっとしたような気持ちです。】

477

ふくかぜの　中をうお飛ぶ　御祓（みそぎ）かな

みそぎの神事の最中、風吹く川で魚が飛び回っている。

【深か徳　何故汝（な）をおぶう　神その義

聖典を読むまでもなく、神性仏性がわが胸深く納められんことを。（義＝人を救う神のはたらき）】

478

世の夏や　湖水に浮かむ　波の上

辺りは暑い最中、湖の上にいるように、ここは気持ちがいい。（「うかむ」と「うかぶ」の二説あり）

【伊予の海　夏に向うや　砂の声

砂の上を歩くと、キュッキュッと音がして、夏を感じる。（「うかむ」の説）】

478

世の夏や　湖水に浮かぶ　波の上

辺りは暑い最中、湖の上にいるように、ここは気持ちがいい。

海のよう　ついに鳴かすや　橅(ぶな)の声

ぶなの原生林は、まるで海中のようだ。しまいに橅は声を出して鳴きます。

（「うかぶ」の説）

479

桜より　松に二木(ふたき)を　三月(みつき)越し

桜の頃、江戸を発ってから三ケ月、やっと二木の松を見ることができました。

まつさくら　二人を五器に　月見良し

お松さんと桜さん、二人の娘にご馳走して、よい月見でした。

480

清滝や　波に散り込む　青松葉

清滝川の波間に、松の青葉が散って美しい。

山道に　尚頼り込む　秋椿

雑木ばかりの山道に、他の木々を頼りにしているように秋椿が咲いていた。

481

秋ちかき　心の寄りや　四畳半

狭い所ですが、この四畳半は、詩の好きな者たちの寄り所なのだ。

〔
良き騎乗　ここち早かろ　鞍(あん)乗りよ

上手に乗りこなすにはまだ訓練が必要ですが、鞍にまたがるくらいから始めましょう。
〕

名月の章

482

秋来にけり　耳をたづねて　枕の風

立秋ともなると、枕している耳もとにも、風の寒さを感じる。

〔秋風に　みみづく手をたらり　毛の寝巻

つめたい秋の風が吹いたら、みみずくは毛の寝巻を着て手を出しません。〕

483

はりぬきの　猫もしるなり　けさのあき

張り子の猫の首も、立秋と知ってか、秋風でゆれている。

〔今朝張りき　塗るものなりし　猫の秋

猫ちゃん、張り子の猫は、今朝張って色づけするばかりなので、触らないでね。〕

484

はつ秋や　海も青田の　一みどり

初秋の遠景は、田も海も境が判らぬほど青一色だこと。

〔暑き海　どの日当たりも　羽音止み

南に向かい、鳥たちは次々に発つ準備をしていたが、どうしたことか今日の暑さで旅立ちが中止になったようだ。〕

485

初秋や　たたみながらの　蚊屋の夜着(よぎ)

もう秋か、冷え初めか。とりあえず転がっている蚊帳にくるまって寝よう。

〔秋の夜の　蚊帳が腹着や　夏畳

夏は蚊帳をつって畳の上に寝て、秋は蚊帳を腹に掛け。〕

486

牛部屋に　蚊の声闇(くら)き　残暑哉

暗い牛小屋に蚊も入ってきて、暑苦しいことだ。

〔牛兵衛(うしべえ)の　闇(くら)か残暑か　小屋に啼き

我が家の牛兵衛君は、暗いので啼いているのか、暑いので啼くのか。〕

487

物書きて　扇(おうぎ)引きさく　余波(なごり)哉

お別れの句を扇に書いて、喩(たと)えに倣い半分に裂いて、名残を惜しもう。

〔日も狭霧　掟(おきて)覚悟の　浮名かな

秋の霧立つ頃となり、内蔵助(くらのすけ)の討ち入りの覚悟は決まって、周囲をくらますために浮名を流していようとは。〕

488

秋風の　鑓戸（やりど）の口や　とがりごえ

秋の風は、遣戸に当たって、名の通り尖り声だ。

風邪声の　秋鳥の口　ややとがり

秋の鳥たちは、夏に鳴き続けたせいか、大分疲れた声に聞こえる。

489

枝もろし　緋唐紙（ひとうし）やぶる　秋の風

秋風がものすごく、紅葉の枝をへし折り、薄く赤い唐紙などは破けそう。

是非あるも　渋と空（うろ）やし　枝の柿

何とか頂きたいとの依頼もあるが、渋いのと虫食いの柿しかないのです。

490

蜘（くも）何と　音（ね）をなにと鳴く　秋の風

秋風の中、鳴き蜘はどんな声を出すのだろう。

何とね　何故にかあの時　蜘鳴くを

なんと、鳴き蜘はどういうわけか、獲物を喰う時に鳴くのだそうです。

491

猿をきく　ひと捨子に秋の　風いかに

落涙を催す猿のわめきを、また捨て子など人生の悲哀をも心に置いて詩歌をお作り下さることを願うものです。

> 秋にか　瞽女（ごぜ）の猿を手に引く　糸聞かす
>
> この秋にでも猿の子を思う母の話を元に、捨て子をしないよう瞽女に頼んで、全国あちこちで三味線に乗せて語り伝えてほしいものだ。

492

義朝の　心に似たり　秋の風

源の義朝の、非業の死を遂げた心情を、しのばせる秋の風だ。

> 殿の来し　心あたりに　夜風にも
>
> 常磐（ときわ）の心は、夜風にも義朝の消息を聞いてみたい思いで一杯です。

493

秋風や　藪も畠も　不破の関

元は不破関の跡だが、今や藪や畑になって荒れてしまっている。

> 不破関も　安宅（あたか）の関も　早や藪気
>
> 話題に登場した二つの関所も、人の記憶の中に埋もれてしまった。

494

たびねして　わが句をしれや　秋の風

秋風の沁みる旅先で、私の句の心を感じてくれまいか。

［秋や寝て　句を偲びたし　われが風邪

風邪引いて、句を味わいたいのは山々だが、今はそれどころではありません。］

495

東にし　あわれさひとつ　秋の風

東西に離れていても、秋の風にあわれさを感じる心は同じです。

［暑し日に　一荒れ風の　騒がしさ

日射しの強い道中、幸い一雨降りそうな風向きになり、木々が揺れ出した。］

496

たびにあきて　きょう幾日やら　秋の風

旅に出る気もしなくなって、今日で何日たったやら。

［秋に　倉開いて今日の　焚き火かや

秋になり、季節物の入れ替えか、倉を開けて焚き火をしている。］

497

見送りの　うしろや寂し　秋の風

人のうしろ姿を見送るのは寂しいものだ。

海風の　朝の凍みりや　黒き潮

冷たい朝の海風が吹き、日影の薄い波は黒く浮かんでいる。

498

塚も動け　我が泣く声は　秋の風

一笑が亡くなってしまった。悲しみも一入です。芭蕉は自分の泣き声を八回、カ行で入れたのです。（一笑＝茶屋新七）

月風も泣け　回向はわが　あの覚悟

悲し過ぎるよ。回向の折に、私はきっとあの世でまた会おうと、一笑に誓った。

499

あかあかと　日は難面も　あきの風

太陽が懸命に暖めようとしているのに、秋の冷たい風が邪魔をする。

カアカアと　秋は日中の　口説もれ

秋の爽やかな日和に、烏がカアカアとうるさく、多分痴話喧嘩であろう、こっちまで聞こえていますよ。

500

石山の　石よりしろし　秋の風

那谷寺の石は、石山寺の石より白いが、秋風が拭いてもっと白くしている。

［いしやまよ　四季の風あり　しろのいし

石山にも、四季それぞれの石の味わいが現れます。］

501

桃の木の　その葉ちらすな　秋の風

私は桃の木。世間よ、あまり冷たく当たらないでくれ給え。

［散らすその　着物の花も　秋の風

ご婦人のお召し物に、秋風が散らした花がつき裾模様になり、衣替えを季節が教えてくれました。］

502

秋の風　伊勢の墓原　猶すごし

寂しい伊勢の墓地の秋は、格別すさまじい。

［花の原　葵の咳か　風すごし

徳川様の咳一つで、末端への御政道の影響は凄まじいものがある。］

503

秋風の　吹けども青し　栗のいが

落ちたばかりなのか、毬（いが）はまだ青いままです。

〔秋の風　いくど押しあけ　ものが降り

我が古びた家に秋風が押し寄せて、吊るしてある物や棚の物が何度も落ちて来た。〕

504

秋風や　桐（きり）に動いて　つたのしも

秋風に桐の葉は殆ど吹き飛んで、蔦（つた）が紅くなっている。

〔秋風も　きりにて楽し　囲碁打つや

秋風も囲碁をやるのか、きりに向かって懸命です。〕

505

物いえば　唇さむし　秋の風

余計なことをいうと、後悔することが多い。

〔秋映えの　風猿のちび　虫も喰い

実りの秋を迎え、涼しい秋風も吹き、やっと乳離れしたかのような子猿が、小さな虫を捕って食べられるようになったようだ。〕

506

秋風に　折れてかなしき　桑の杖

門人の嵐蘭（らんらん）に先立たれ、頼りにしていた桑の杖が折れたように悲しい。

別れ来て　青き縁の　口説かな

縁が薄かったのか、一寸した夫婦喧嘩の末に別れてしまった。

507

野ざらしを　心に風の　しむ身かな

我が身を野ざらしにするような生活も、少々切ないものがある。

白む心　御名（みな）をかざし　野の風に

世間の冷たい仕打ちに、ともすると挫けそうになる心に、神の助力を信じ立ち向かおうではないか。

508

身にしみて　大根からし　秋の風

からみ大根を食べて、一層せつなく感じる秋になった。

寒に来し　医師の見てみ　こらあ 風邪だ

おかあさん、これは麻疹（はしか）じゃなく風邪だよと、寒いところを来てくれたお医者さんに言われました。

509

鳩の声　身にしみわたる　岩戸かな

秘仏のある岩戸の前にいた鳩が鳴いて、我が身に語り掛けられた気持ちがした。

川の鳩　御声となるに　岩見たし

川から洞窟の中に入る鳩の鳴き声が反射して御仏の御声のように聞こえるらしいので、ぜひそこを拝見したいものだ。

510

ひやひやと　壁をふまえて　ひるねかな

壁が一番ひんやりしているので、足の裏を当てて昼寝をしました。

やや鍋ふえて　かか暇を　昼一寝

また子ができて、飯炊く道具も買い足して、昼、子供と添い寝をしました。

511

よるべをいつ　一葉(ひとは)に虫の　旅寝して

流されている葉の上に乗った虫は、いつ岸に着けるのだろうか。

旅寝をして　一夜(ひとよ)に入(はい)る　別の虫

昨夜は虱、今日はのみと共に旅をしている。

512

庭掃きて　いでばや寺に　散る柳

旅の僧が、一泊のお礼に庭掃除をしております。

地に湧きて　寺に柳や　はいでる場

柳の井戸は、あの世とこの世の出入り口と昔からいわれているが、お寺さんには丁度お誂(あつら)え向きですね。

513

なに喰うて　小家(こいえ)は秋の　柳かげ

秋も深くなり、この小さな家では、どうやって生活をしているのやら。

小家(こいえ)は　うなぎ肉のテキ　菜揚げかや

得てして小家住まいは、贅沢(ぜいたく)ができるものです。

514

七夕の　あわぬこころや　雨中天

せっかくの七夕の雨で、有頂天が雨中天になってしまった。

七夕の　あわや迂路(うろ)来(こ)ぬ　壺(こ)中天

彦星は、もしかして壺中天に寄り道をして遊んでいるのではないかと、織姫が妬いております。（迂路＝迂回路）

515

秋きぬと　妻こう星や　鹿の革

彦星も織姫に会いたいのだろう、鹿の背にも星たちが現れている。

〔星や来ぬ　妻乞う秋と　鹿の川

鹿の背の天の川にも星が出たように、愛しいお方もやって来ましたよ。〕

516

水学も　乗物かさん　天の川

七夕の水が溢れたら、水絡繰りの達人宗甫殿が、二つの星に舟を出すことだろう。

〔あの者か　学問の粋　さまがわり

あの人が水学宗甫氏か。大丈夫、きっと絡繰り仕掛けで月の雨をどかして、素晴らしい天の川をご覧じろとなることでしょう。〕

517

嘸な星　ひじき物には　鹿の革

この二つの星の逢瀬の場所には、星の散りばめられた鹿の革の絨毯がふさわしい。（ひじき物＝敷物）

〔嘸星の　鹿啼き日には　革の文字

七夕の逢瀬に鹿の革を敷くなんて、この句の文字さえ辛く泣きたくなるのです。〕

518

文月（ふみづき）や　六日も常の　夜には似ず

明日は七夕なので、いつもの夜とは、何となく違う雰囲気です。

睦月には　出雲の神や　寝ずに酔ふ

正月には参詣客で一杯で、お休みできません。人波に酔ってしまいそうです。

519

荒海や　佐渡によこたう　天の川

日本海の荒波の彼方、佐渡島にかけて天の川が横たわって見えます。

海土用　怖さあらたに　あの山が

夏の太平洋側の土用波は、まるで大きな山のような大波が押し寄せるので、本当に怖くてびっくりする。

520

ねむの木の　葉ごしもいとえ　星のかげ

合歓（ねむ）の木の葉ごしとはいえ、多少は人目をはばかってくだされ。

芸の虫　寝言のものか　吼えし覇気

あの方は寝ていても芸の修業をしているのか、大声を出し意気込みがすごい。

521

七株の　萩の千本（ちもと）や　星の秋

七夕の願いとして、この七株の萩が千本にもなって、我々もそれにあやかって長寿を全うしたいものだ。

〔**秋の穂の　千萩（ちはぎ）しなやか　ぶなのもと**

実りの秋となり、ぶなの木の傍らで、沢山の萩がよく咲いていること。〕

522

高水に　星も旅寝や　岩の上

天の川にも大水が出て渡れないので、河原の岩の上にさびしく織姫がお休みしているのでしょうか。

〔**星の川　田や家も海　寝ずに旅**

天の川も洪水で流されましたが、寝ずにそちらに向かっております。〕

523

たなばたや　秋をさだむる　夜のはじめ

七夕になると、秋だと思えるのですよねぇ。

〔**春寒き　灘（なだ）の字をばや　温めよ**

春といってもまだ寒いところに、灘と書いてあるものを熱くして頂こうではないか。〕

524

蓮池や　折らでそのまま　玉まつり

この蓮池に咲く花は折り取らないで、魂祭りのときに使いたいものだ。

腹立つや　掏摸（すり）まで襲い　負けのまま

博打（ばくち）で負けた上、空財布まで狙われて、踏んだり蹴ったりで悔しい。

525

熊坂が　ゆかりやいつの　玉まつり

加賀国の、熊坂長範に縁のあるこの地で、魂祭りをしたのはいつだったか。

性（さが）か病（やまい）　魔作りたり　釜のつゆ

熊坂長範とて人の子、世間が悪いと思いたいが、五右衛門並みに釜ゆでの如き最後は気の毒なり。

526

玉祭り　今日も焼場の　けぶり哉

先祖祀りの今日も、そちらに行く人の煙が立っている。

刀持つ　まま郷里の　焼場けぶり

あの世でも魔と戦わなければならぬとは、武士とは因果なものだ。

527

数ならぬ　身となな思いそ　玉祭り

たいしたこともしないで、霊祭りなどしてもらってなどと思わないで、そちらでも自分の心をよく見つめてくださいね。

皆遅い　七日づらとも　魂まつり

皆年をとって体調が整わず、先祖の法要も七日も遅れてしまった。

528

家(いへ)はみな　杖にしら髪(が)の　墓参

墓参に集まった縁者は、皆年寄りばかりになってしまった。

身は悲し　ついに祈りへ　腹構え

誰が先に旅立ったとしても、今生共に生を受けた御縁は大切に胸にしまい、来世またの御縁を頂きたいものだ。

529

むかしきけ　ちちぶ殿さえ　すもうとり

剛勇徳望のあった畠山重忠は、昔の話だが相撲取りであったとは。

相撲酒　父と向かえり　しぶき喉

相撲、酒盛り、そして新内小唄、いろいろ鍛えてもらいました。

530

露とくとく　心みに浮世　すすがばや

西行の昔から、したたる雫のこの清らな水で、浮世の汚れをすすぎたい。

よくゆうに　心すすがば　とくと見や月

こころの汚れを取るには、御信心こそ心がけ召されよ。

531

西行の　草鞋（わらじ）もかかれ　松の露

露に濡れたこの松の枝に、かの西行の草鞋がかかっていたらと想った。

遊行者（ゆぎょうもの）　いつの間か連れ　わらじ傘

一人で遊行に出たと思いきや、もう一人、草鞋になり傘になりした連れのあることを知りました。

532

今日よりや　書付消さん　笠の露

今日から一人歩きになるのだ。笠に「同行二人」と書いた書付を消すことになる。

三駆（さんか）けや　律（りつ）のきつさよ　今日（きょう）湯かけ

出羽三山を駆けめぐる修行は、羽黒及び月山での修行に耐えて、湯殿山で生まれ変わりの産湯をかけていただくことが目的とか。

533

硯かと　拾うやくぼき　石の露

西行が使ったような硯じゃないかと拾ってみたら、凹みに露のたまった石でした。

〔揺り椅子か　憂き日突くや　ぼろの厨子〕

気分が悪い日に、杖で道端に捨ててあった物を揺り椅子かと思ってつついてみたら、ぼろぼろの厨子でありました。

534

松なれや　霧えいさらえいと　引くほどに

霧が、かけ声をかけるが如く、引いていったら美しい松が現れた。

〔餌生き餌に　糸どれ引くほら　祭りやな〕

船釣りで餌を生き餌にしたら、誰かの釣り糸とお祭りになった。

535

霧しぐれ　富士を見ぬ日ぞ　面白き

時雨のような霧で、富士を見られないのも一興ですね。

〔時雨ふり　慈悲来ぬ身をぞ　面白き〕

まるでしぐれてばかりの人生であったが、これもまた意味のあることと前向きに生きようぞ。

536

雲霧の　暫時百景を　つくしけり

富士山は、わずかの間にも雲や霧の、いろいろな変化を見せてくれる。

［視座作り　貴人百計　雲をのけり

貴人とは、如何なる困難に対しても天に通じる確たる視座を持ち不透明な事象を切り開く力を持っている人のことである。］

537

いなずまを　手にとる闇の　紙燭(しそく)かな

稲光を移しとったように、紙燭をつけると暗闇が明るくなった。

［新妻の　四足(しそく)手を取る　悩みかな

農家に嫁いだ新妻が、まだ牛馬の取り扱いに手こずっている。（四足＝牛馬）］

538

あの雲は　稲妻を待つ　たより哉

あの雲の様子は、そろそろ稲光りだな。

［田は良くも　稲妻待つか　あの鳴りを

稲作によいとされる稲光を待っているのだが、一方、あの雷鳴は何とかならぬものか。］

539
稲妻に　さとらぬ人の　貴(たっと)さよ

稲妻の閃光(せんこう)で悟ったつもりにならず、無心でいる人のなんと尊いことか。

〔尊っとさと　新妻ならぬ　人の良さ

新妻ながら夫の病親の世話を献身的にして、仏様のような人もいるのだ。〕

540
稲妻や　かおのところが　薄(すすき)の穂

稲妻が一閃、絵の髑髏(どくろ)の顔の辺りが薄の穂に見えた。

〔先ず親の　粋(すい)なところが　ほのか好き

娘をやるんだが、あんな粋な親御さんの所が気に入っているんだ。〕

541
いなづまや　闇の方行(かたい)く　五位の声

稲光の中を、闇夜を騒がす五位鷺(ごいさぎ)の声がしきりとする。

〔いなづまや　痛いこの身の　火薬声

雷様も、背負っている太鼓を叩けば、我が身も痛かろうに。因果なものをしょってるねぇ。〕

542

草いろいろ　おのおの花の　手柄かな

草もさまざま、人も同じ、自らの花を咲かせてくださいね。（この芭蕉の句は、レーガン大統領が日本に来られたとき取り上げられた句です）

草多おて　花の色がなか　野良の色

広い野原には、目立った色の花は一寸判らないが、草の中には隠れた沢山のお花がありますよ。

543

薬欄（やくらん）に　いづれの花を　くさ枕

薬園に咲く花の中から、旅枕にするのはどれがいいだろうか。

今憎く　矢頭の桜を　離られん

今は到底、この桜の矢頭を離れるなんて、切なくてできません。

544

なでしこの　暑さ忘るる　野菊かな

野菊の前に、なでしこが暑さを乗り越えたのだな。

忘するので　しつこくなるな　朝の鍵

お出かけは、しつこく言って悪いけれど、しっかり戸締まりを頼みます。

545

あさがおに　われはめし食う　おとこ哉

君は蓼（たで）食う蛍と言ったが、私は朝顔を見ながら飯を食いたい。

〔われは朝　魚（うお）か肉がな　男めし

私は力仕事だから、朝から魚か肉を食べないとね。〕

546

わらうべし　泣くべし我が朝顔の　凋（しぼ）む時

朝顔も我も、時が来れば、泣いても笑っても凋む時は凋む。

〔坊の秋が　寒しわしが鍋音　皺比べ

この寺にも冬が近づき、自分の料理する鍋を囲んで、檀家の年寄り方と談笑した。〕

547

僧朝顔　幾死にかえる　法（のり）の松

境内の来迎の松は、この僧や朝顔の生死をいくたび見てきたことか。

〔彼（か）のありし　僧の学終える　際（さい）に松

人生の学びを終えて、あの世への旅立ちの際に、来迎の阿弥陀様の役割を果たすこの松が、先導をしたことでしょう。〕

548

朝顔は　酒盛りしらぬ　さかりかな

横で酒盛りをする人などにかまわず、ひたすら朝顔は花の盛りを謳歌（おうか）している。

お下がりは　酒盛りしらぬ　赤さかな

姉のお下がりの着物を着た女の子は、お酒を飲まなくても真っ赤な顔です。

549

あさがおは　下手のかくさえ　哀れ也

朝顔は、どなたが画いても、それなりの味わいがある。

朝顔は　哀れなへたり　画くのさえ

早起きの朝顔の私を、哀れと思し召すのは有難いけれど、どうしても昼過ぎには、お恥ずかしい姿になってご免なさい。

550

あさがおや　昼は錠おろす　門の垣

昼は人と会わないので、朝顔が錠の役目をしている。

朝顔の　垣や門は錠　下ろす昼

朝顔が垣根一杯に咲き、早々と門に鍵がかかってしまった。

551

朝顔や　これもまたわが　ともならず

錠の代わりをしてくれる朝顔ですら、私の心の友の代わりはできないのです。

【わが頭　重や籠もらな　性とれず

頭の中に煩悩が重く入り込み、当分お籠もり修行でもして反省の日を送ろう。】

552

花むくげ　はだか童の　かざしかな

木槿（むくげ）の花は、この絵の中のいたずらっ子の頭に飾ってもきれいだ。

【花木槿　鍋のかざしか　藁はだか

花木槿の咲く農家の入り口で、作りかけの藁の案山子（かかし）が頭に鍋をかぶっていた。】

553

道のべの　木槿は馬に　くわれけり

道端に咲く木槿の花を、あっという間に馬が食べてしまった。

【野辺には蚤（のみ）　馬血食われ　木槿蹴り

馬は、野辺の蚤に血を吸われ、かゆくて木槿に八つ当たりをした。】

554

蘭の香や　ちょうのつばさに　たき物す

蘭の香が、蝶に移って香を焚いているようだ。

野の蝶に　語らば指すや　月の紋

美しい紋の羽を持った蝶に聞いたら、月から来たという紋がお月様のように黄色で、紋黄蝶だと名乗りました。

555

門に入れば　そてつに蘭の　におい哉

山門に入ると、脇に蘇鉄があり、蘭も香っていた。

中に入れば　蘭に蘇鉄(そてつ)の　におい門

この山門をくぐるや、蘭・蘇鉄の仁王門ならぬ、匂い門というべきか。

556

香をのこす　蘭帳蘭の　やどり哉

香(かぐわ)しき蘭帳のある部屋は、主(あるじ)に相応(ふさわ)しい。

乗り越すな　蝶の宿から　欄干を

宿の入り口の欄干を越えて、そんなに早く発たないでおくれ。

557

見るに我(が)も　おれるばかりぞ　女郎花(おみなえし)

女郎花の美しさに魅了されて、つい我慢できずに手折ってしまった。

笑顔もる　皆にばれるぞ　顔見知り

隠しておいた初対面のはずのお見合いで笑顔になってしまい、皆に顔見知りの仲であることがわかってしまいそうになりました。

558

ひょろひょろと　なお露けしや　おみなえし

女郎花は、ひょろっとして、また濡れていて可憐(かれん)である。

おひょろひょろ　親なしと見え　輸血しな

可愛そうに、捨て子かな。早く輸血など手当てをしてやって下され。

559

秋海棠(しゅうかいどう)　西瓜(すいか)の色に　咲きにけり

秋海棠は、淡い紅色の小さな花ですが、色が西瓜に似て可愛らしい。

海棠の　薄い朱色にか　咲きにけり

海棠もいくらか色づいて咲きました。

560

寝たる萩や　容顔無礼　花の顔

萩は形も容顔美麗でいいが、横倒しになって、容顔無礼になっては一寸ねぇ。

春温容　無礼の形(かた)や　葱(ねぎ)が花

春に浮かれて御無礼しましたので、坊主になってお詫びしたいが、そうもいかないので、私に代わって葱坊主になってもらいましょう。

561

萩原(はぎはら)や　一よはやどせ　山の犬

山犬たち、今夜だけ、私たちも野宿させてくだされ。

母犬は　ややら山羊乗せ　一夜土間

寒い夜、母犬は山羊の皮の上に子犬たちを乗せて、自分は土間に寝ていた。

562

ひとつ家に　遊女も寝たり　萩と月

萩の秋、同じ宿に不幸を背負った遊女たちも泊まったのも、何かの巡り合わせか。

除夜一人　寝つきにもと湯　次端唄(はうた)

明日は正月と思うと、なかなか寝付きが悪く、茶を飲んだり唄ったりしたが、だめだ。

563

しおらしき　名や小松吹く　萩すすき

地名も可愛い、風もかわいく吹いて行った。

お腰つき　すすき悩まし　ふくらはぎ

チビちゃんも女の子だねぇ。薄の穂のように踊る大人振りも、一人前だ。

564

ぬれて行くや　人もおかしき　雨の萩

雨に濡れても、風情のある萩、行く人もがな。

菊と萩　行かぬ手もあれや　姫の押し

お世話になっている家のお嬢さんに、菊や萩の見物にと誘われたが、何とか断る手だてはないものだろうか。

565

小萩ちれ　ますほの小貝　小盃

浜辺の小貝の土にも、私の盃の中にも、萩の花びらが散りばめられています。

契れここ　干す盃が　恋の浜

いい所でしょう？　ここで告白をして祝杯を挙げたらどうでしょうか。

566

浪の間や　小貝にまじる　萩の塵

浪の引く間に現れた小貝にまざり、萩の散った花びらも散らばっていた。

【散るままの　萩や波路に　小貝乗り
散った萩の花が、波間に漂う小さな貝に、萩の模様を付けています。】

567

しら露も　こぼさぬ萩の　うねり哉

露を含んだ萩が、風にうねっている。

【つぼゆうな　猫も知らぬ　鷺の図（はか）り
白鷺は非常に獲物を捕るのが上手で、そのコツは猫にも教えないでね。】

568

風色や　しどろに植えし　庭の萩

まばらに植わっている萩をゆらし、風が渡っていく。

【賑わうや　飾ろいろはに　江戸の獅子
お正月の江戸の獅子舞がやって来た。家では子供が寺子屋で習った書き初めを貼って、成長を祝っている。】

569

萩の露　米つく宿の　隣かな

萩が朝露にぬれている。隣は米をついて秋は深まっていく。

【事の儀の　要放つや　どつく百合

物騒な話だが、要は鉄砲で脅かすといった案配ですか。（百合＝鉄砲百合）】

570

萩の声　こや秋風の　口うつし

萩が風でこすれて、次第にその音が秋風の口真似のように伝わっている。

【八重の萩　ここち美し　秋の風

秋風が銀色に輝く萩は、美しく心が豊かになるようだ。】

571

萩の穂や　頭をつかむ　羅生門

羅生門の鬼に追われ、萩の豊かな髪の毛を思わせる穂が、頭をつかんでくるようでひやっとする。

【星の村　和尚辛かや　鍵を門

星が降るような寒村のお寺の和尚さんが、風邪を引き、門を閉めました。】

572

鶴鳴や　その声芭蕉（ばしょう）　やれぬべし

まるで生きているように絵の鶴が鳴いて、芭蕉の葉が破れそうに見える。

【野辺越えや　ぬしや消息　鶴なれば

働きに出たままの亭主の消息を、鶴のあなたなら、野越え山越えして知らせてもらえないだろうか。】

573

芭蕉葉を　柱にかけん　庵（いお）の月

大きな芭蕉の葉を一枚、柱にかけて興を湧かそう。

【月顔を　腫（は）らし芭蕉の　池に判

お月様は芭蕉の俳諧に、太鼓のように膨らました顔の判を押しました。】

574

此の寺は　庭一盃の　芭蕉哉

この寺は、庭一杯の芭蕉が幅を利かせている。

【わては何　こらいっぱいの　芭蕉かの

何だこりゃ、どこを見ても芭蕉だらけじゃないか。俺もだけど。】

575

道ほそし　相撲(すもう)とり草の　花の露

すみれが茂った道は細く、その花は露が一杯でした。（相撲取り草＝すみれ）

〔花道の　相撲とり草の　露欲しそ

強そうな名前だが、可憐な君でも、この花道で露払いを従えて歩いてみたかろう。〕

576

刈りあとや　早稲かたかたの　鴫(しぎ)の声

早稲を片側だけ刈り取った後に、鴫の鳴き声がしました。

〔鴫の声　わかせた後や　狩りの鷹

仲間に大声で知らせた鴫の、すぐ後に鷹が出現した。〕

577

わせの香や　分け入る右は　有磯海(ありそうみ)

早稲を分け入った先は、右に有磯海（越中海岸）が見渡せる。

〔池の世話　見るかぎりそは　あわや海

大きな蓮沼の手入れに大勢の人が集まって、まるでそれは海水浴に来ているようだ。〕

578
かくさぬぞ　やどは菜汁(なじる)に　唐がらし

この家では、粗末な暮らしぶりを、別に隠し立てもせず暮らしている。

象鯨　土佐は似るかな　宿が主

この家の主（芭蕉）の俳風は、伝統を重んじた土佐派の画風と、象と鯨を盛んに画いた独学派の若冲(じゃくちゅう)とで比べると、どっちに似ているのだろうか。

579
草の戸を　しれや穂蓼(ほたで)に　唐がらし

穂蓼と唐辛子しかない、この草庵の趣を感じてくだされ。

獅子やだ　桜を彫れのと　とうが手に

獅子に牡丹はいやじゃ、安宅の関の芝居の富樫左衛門尉に惚(ほ)れて、自分の二の腕に桜の入れ墨をしたいと、おとっつあんが聞き分けがない。

580
青くても　有るべき物を　唐辛子

青いままでもよいものを、わざわざ赤くするのはどういうわけなんでしょうね。

手があるも　足の裏をも　置くべきと

いろいろ手段もあろうが、仏足石に倣い、菩提心をも添えてから動いてくだされ。

581

蜻蛉(とんぼう)や　とりつきかねし　草の上

とんぼが、草の上に止まりかねているようだ。

鹿の餌　ぼんやりうとと　狐食う

鹿がまどろんでいる間に、餌を狐につままれました。

582

むざんやな　甲(かぶと)の下の　きりぎりす

討ち死にした実盛の甲の下で鳴くきりぎりすは、何て鳴いているのだろうか。

銀座の巣　名取りの虫や　歌舞きたり

手前、生国は銀座でござんす。縁あって名取りの端くれを務めております。キリキリとまずは一声聞いておくんなさいまし。

583

白髪ぬく　枕の下や　きりぎりす

寝床の下で白髪を抜いていると、枕の下の方からきりぎりすの声がした。

楠(くすのき)や　鴫暮らしたり　がらり沼

一面の沼地の周りに楠が生い茂り、鴫たちが気に入って暮らしています。

584

淋しさや　釘に掛けたる　きりぎりす

釘に掛けた冬景色の絵のそばで、きりぎりすが淋しそうに鳴いている。

鍵したる　柵に叫びや　きりぎりす

虫籠のきりぎりすよ、キュウリも沢山差し入れたから、一寸鳴いてくれよ。

585

猪の　床にも入るや　きりぎりす

猪みたいな鼾をかいている人の側で、きりぎりすは遠慮がちに鳴いている。

もの恋し　祈るやきとり　寿司にぎり

さびしいなぁ、早く退院しておいしいものを食べたい。

586

朝な朝な　手習すすむ　きりぎりす

毎朝のお稽古で、きりぎりすも上手に鳴けるような秋になりました。

好きなら　ない義理捨てむ　明日朝去りな

別に義理があるわけじゃないのだから、好きな人がいるのなら、そっと明日の朝早くここを出立すればいいじゃないか。

587

海士の屋は　小海老にまじる　いとどかな

漁師の家の竈には、獲れた小海老に竈蟋蟀（かまどこおろぎ）がまざっていた。

井戸の海士　何やか声は　飛び交（ま）じる

海士たちの威勢のいい声が井戸端で入り乱れ、魚同様飛び回っている。

588

三日月や　朝顔の夕べ　つぼむらん

三日月も朝顔に似て、あす全開せんと準備しているのだろう。

水辺の雁（がん）　行き交う長（おさ）や　つぼあらむ

水辺の雁を見ていると、誰が大将かわからないが、空を渡るあの見事な隊列を作るコツは、どうしたら生まれるのだろう。

589

あけゆくや　二十七夜も　三かの月

夜明けの空に残る二十七夜の月も、三日月と同じ形である。

駆け行くや　奴も四十に　秋の道

人生短し、忙し、人生の道には下り坂はない。

590

何ごとの　見たてにも似ず　三かの月

三日月は、ほかに見立てのしようが思いつかないほど美しい。

月見毎　何かのものに　見たてずに

月見に見立てた句も嬉しいが、たまにはゆっくりお団子でもいかがですか。

591

三日月や　地は朧なる　蕎麦畠

三日月がわずかに照らす地上では、蕎麦の花がぼんやり白く見える。

おぼろみち　ばばやそなたは　気づけるか

お前さんの祖母が、少々ぼけが来ているようだが、わかっているのかい。

592

みしやその　七日(なぬか)は墓の　三日の月

初七日の墓の上に、三日月がかかっているのを、君は見たかい？

死ぬ花の　身は神かかか　月の園(その)

現身の世から行くなら、神仏の世界か、かみさんのいる世界か、お月様の世界などがあったら有難いものよ。

593

月ぞしるべ　こなたへ入せ　旅の宿

この宿への道案内は、月がいたします。こちらへどうぞ。

〔どこへぞ月　なびいた瀬田の　しるべやら

あてにしていた月が出てこない。皆んなが瀬田の月がよかったといってくれるので、また行ってしまったのか。〕

594

影は天の　下てる姫か　月のかお

月は天下をくまなく照らすが、大国主の娘の下照姫の顔でもあるようだ。

〔ひめた顔の　かかしの告げる　雨は来て

刈り入れ時に雨になりそうと、顔の汚れた案山子が教えてくれているようだ。〕

595

見る影や　まだ片なりも　宵月夜

今夜の月影はまだ十分ではないが、後々冴えて来そうだ。

〔宵月や　見るも陰たり　夜中まだ

夜はまだ長いのに、お月様はもう引っ込んでしまうのか。〕

596

詠(ながむ)るや　江戸にはまれな　山の月

江戸では山の端から出る月にはお目にかかれないので、今、故郷で懐かしんでいます。

山名乗れ　江戸は築山(つきやま)　眺むるに

お江戸には築山の富士が随分ありますが、本当の名前は判りません。それでも一度登って下界を眺めてみたいものですね。

597

げにや月　間口千金の　通りちょう

間口千金といわれる江戸通り町の月は、千金に値するみごとさである。

ちょと月待ちん　鬼の具現や　気失せり

鬼のいない間に、悪友と一寸一杯と思っていたが、あまりお月様が明るく照らすので、かみさんに見つかったじゃないか。やめたやめた。

598

侘びてすめ　月侘斎(つきわびさい)が　なら茶歌

風狂人の名を付けた月侘び斎で、侘び寂びごとに徹して貴方も暮らすがよい。

月が侘び　なら茶召すわい　唄寂びて

さみしそうな月を見つつ、茶粥を頂こう。その前に一曲聞かせようか。

599

武蔵野の　月の若ばへや　松島種

武蔵野の月は、松島の月に比べると、まだ若葉みたいなものだ。

若ばむや　松の島さへ　信太(しのだ)の狐

いや若々しいですよ、武蔵野の月は。多分信太の白狐に目くらましされたのと違いますか？　今度武蔵野の松をよくご覧ください、松島と遜色ありません。

600

馬に寝て　残夢月遠し　茶のけぶり

馬上で睡(ねむ)ってしまい、気がつくと有明の月が遠く、里では朝餉(あさげ)の支度のようだ。

きつし無茶　座布団に寝て　馬のお蹴り

深酒をして飲み屋の座布団に寝てしまい、馬に蹴られるような起こされ方をした。

601

みそか月なし　千とせの杉を　抱くあらし

月末の月の出ない夜に、古い杉の木に被さるように嵐が吹く。

飲み過ぎし　灘そちら隠せと　足を突き

飲み過ぎのお客様にも、いささかの配慮と、主人に足で知らせた。

602

月早し　梢は雨を　持ちながら

木々の梢は雨水を含み、雲が早く通り過ぎる。

子をあやし　鼻づら破滅　着替え持ち

抱っこしていた我が子に頭突きをもらい、鼻血を出して着替えをしました。

603

あの中に　蒔絵書きたし　宿の月

あのまん丸のお月様に、蒔絵を画いてみたい。

月下(つきした)に　秋の山かな　絵描き殿

芭蕉画伯、どうせなら月の下に、秋の山を画いてくだされ。

604

月影や　四門四宗も　只一つ

四門をもち、四宗を兼ねる善光寺に、清らかな月光が輝く。

四宗もか　月(つき)だ月(げつ)やと　他門比し

他宗をこのように非難することもなくなり、現在日本の仏教には十三宗五十六派あると伺いました。日本では四宗に限らずこれら多くの宗派が仏の智慧を開示され、人々を仏の境地へと導いています。

605

其の玉や　羽黒にかえす　法の月

月の法力で、天宥法印の霊魂を羽黒に呼び返すことでしょう。

〔帰りやす　羽黒に魂の　月の園

羽黒も真如の園となっていますよ。天宥法印の御玉よ、早く戻ってきてください。〕

606

月に名を　包みかねてや　いもの神

人前には出たがらない天然痘の神も、月のお顔を見たくて現れました。

〔見かねて　月名を奴に　いつもの神

天然痘の名前をつけられた、いもの神に、月が見かねて一文字「つ」を付けました。〕

607

義仲の　寝覚めの山か　月かなし

平家が義仲を攻めてきたのはこの辺かと思うと、切ない思いになる。

〔野の案山子　強かや寝巻　斜め差し

強そうな案山子が、寄らば切るぞと寝巻姿のまま、一本腰に差している。〕

608
中山や　越路も月は　また命

小夜と越後に、同じ名の中山の月を見られて、命あっての物種。

> 月の夜(や)は　まじない達も　こやかまし
>
> 今夜の満月の橋渡りの行事は、いったん出たら講中の者は話が禁じられているから、出発前にいろいろなしきたりの打ち合せで大変だ。

609
国々の　八景さらに　気比(けひ)の月

八景といわれる名所の中でも、気比の月は格別なり。

> 八卦(はっけ)の日　憎気(にくけ)の突きに　更にぐい
>
> 富岡八幡宮の勧進相撲で、大関は憎らしいほどの顔つきで相手を突き、よろけた相手をまた押して土俵下までぐいと押し出した。〔八卦良い（はっけよい）の日＝相撲の興行日〕

610
月清し　遊行のもてる　砂の上

開祖一遍上人にちなみ、遊行は境内に砂を撒くが、その上を月が照らす。

> 清き野の　砂遊行して　燃え移る
>
> 砂運びの行をして、改めて学びと実践が一如であるとわかり、心が燃えた。

611

月いづく　鐘は沈める　海の底

月はどこへ行っちゃったか、鐘は海の底に沈んでしまったが。

【金は尽き　飯底出づる　うづくのみ

金はおろか、釜の飯も底が見え、心が疼く。】

612

月のみか　雨に相撲も　なかりけり

月はおろか、雨では相撲も取りやめか。

【相撲なの　鴎見にけり　月明かり

月明かりで相撲を取っていたら、河原の鴎が見にやって来ました。】

613

ふるき名の　角鹿や恋し　秋の月

敦賀の古名、つぬがの昔が偲ばれる秋だこと。

【降る秋の　きぬが恋しき　夏の月

やっと夏の夜となり涼しくなったが、早く一雨降ってもらって秋の衣替えをしたいものだ。】

614

衣着て　小貝拾わん　いろの月

西行のように僧衣をまとい、種の浜で小貝を拾おう。

〔衣着て　気概拾わん　いつのころ

墨染めの衣の目的は、いつになったら達成できるものやら。〕

615

そのままよ　月もたのまじ　息吹やま

伊吹山は、なにも月の力をかりなくても、風情のある山である。

〔山吹の　木のまま持たそ　待つ爺よ

爺さんが欲しがっていた山吹を、切り花でなく、根のついたまま孫に持たせてあげよう。〕

616

月さびよ　明智が妻の　咄せん

お月様は寂びた感じを出している。今宵はかつて不遇の折に光秀の妻が夫を助けた話をして偲びましょうか。

〔ケチ煎の　話が熱き　摩擦呼び

大工のお茶請けにおせんべいを出すと「ケチセン」と呼ばれた時代があり、大層な軋轢があったとか。〕

617

月しろや　膝に手を置く　宵の宿

月の出を前に空が白ずんで、歌会が始まるので、皆膝に手をのせ緊張気味。

座して冷や　良いお肉津の　どろ焼きを

津のどろ焼きで一杯いかが、旅の思い出に。

618

柴の戸の　月やそのまま　あみだ坊

月の庵は、西行の訪れた阿弥陀坊とそっくりである。

あの月の　乏しうままや　弥陀のそば

太陽のように輝くでもなく、ひっそり闇の夜を照らしている月のように生きて、来世は弥陀の側で生きてみたいものよ。

619

名月は　ふたつ過ぎても　瀬田の月

今夏二回名月があったが、瀬田は何回見ても良い月だ。

名月も　次は蓋捨て　瀬田の月

せっかくの名月も天気が悪く残念だったが、今年は二回目もあるので、これぞ瀬田の名月だというのを見せてくだされ。

620

入る月の　跡は机の　四隅哉

月が消え、暁の光が、亡くなった其角の父の机の四隅を照らしている。

あの机　いるよな気のす　身は塚と

もう鬼籍に入ったと伺い、知ってはいるが机を拝見すると、そこに父君がいらっしゃるようだ。

621

月澄みや　狐怖がる　児(ちご)の供

月明かりの夜、狐が出てこないか怖がる、お稚児さんのお供をした。

ねちこきや　碁の悪友(わるとも)が　隅突き

碁打つ前の友、打ち終わると仇。

622

わが宿は　四角な影を　窓の月

我が家の四角な窓からの月の影も、四角いのが愉快だ。

わが影を　窓はきつかな　薬師殿

月光菩薩が家に光を当てたいが、窓がきつくてあかない。光を射し込めないので、病気の家人がいるなら薬師如来殿が来ているはずだから、窓を開けるように頼みたいと言っています。

623

たんだすめ　住めば都ぞ　きょうの月

たんだ住（ただ）んでいれば、次第に一番お気に入りの場所となる。従っていつも名月、言うことなし。

軒住みや　故郷ぞつばめ　ただ住めん

たな賃は要らないよ、子供たちの故郷になるのだから、この軒下に巣をお作り。

624

かつら男（おとこ）　すまずなりけり　雨の月

雨で月に住む美男子も月から去り、月もしょぼくれ顔なり。

赤らめり　琴けすお夏の　祭り好き

琴など弾いている場合じゃない、早く祭りに行かなくちゃ。あたかも清十郎のあとを追う、お夏のはやる気持ちのように。

625

きょうの今宵　寝る時もなき　月見哉

中秋の名月の今夜は、月に見とれて寝る時間もなさそうだ。

今日見切る　月の酔いかな　猫共なき

今日のこの素晴らしい月に酔ってしまったが、これが最後だと思うと猫もわかるのか、ニャンともいい月だと共に泣いてくれた。

626

命こそ　芋種よ又　今日の月

命あってこそ、この中秋の芋名月を見ることができるというものだ。

【命種　故郷またその　芋月夜

患って戻った故郷で、また中秋の名月を見られて良かった。】

627

今宵の月　磨(と)ぎ出せ　人見出雲守(ひとみいずもかみ)

鏡研ぎの名人、京の鏡師、人見出雲守よ、今宵の月も研ぎ出してくだされ。

【漕ぎ出(い)だせ　水の月も見よ　人と櫂(かい)

周りの人のことをよく見て自分の動きをしないと、勝手に漕いだら川面の月がいつまでもゆらいで見えないでしょう。】

628

木をきりて　本口(もとくち)みるや　きょうの月

今日の月は、大木の切り口みたいだ。

【菊もちて　今日の月見る　とりを焼き

呼ばれた月見に何の用意もなかったので、菊を手折り、鳥を焼いて持って行こう。】

629

蒼海（そうかい）の　浪酒臭し　きょうの月

青い海から出る月は、盃が海水に浸っているようで、波が酒臭い。

〔きょうその　烏賊刺し食う　月並みの酒

今日は、月並みの食べるもの、飲むものばかりだが、それでいいのさ。〕

630

名月の　月に深川の　酒薄し

せっかくの名月なのに、この深川の酒の水っぽいこと。

〔酒の通　四季の深川　名月にす

この深川の酒の達人たちは、この地の人情風土を知り尽くしているので、いつどこで呑んだら、どんな形のお月様でも名月に見えるか、わかっているのですよ。〕

631

月十四日　今宵三十九　の童部

十五夜に一夜たりないように、三十九歳になってもまだ子供のような自分だ。

〔わらんべよ　効く最高の呪　喝重よっ

三十九の童部よ、邪気払うには「喝」ならぬ「カツ重」などが、力が出ていいのじゃありませんか。〕

632

雲おりおり　人を休める　月見哉

雲が時折月にかかるので、しばしば月を見ている人も休む。

沖を見つる　すりと顔引く　寡婦（やもめ）なり

多分、夫は沖に出たまま帰らぬ人となったのであろう。泣き顔を見せまいとする女性が、気丈にも浜辺に佇んでいました。

633

盃に　みつの名をのむ　こよいかな

同名の三人の七郎兵衛が来たが、芭蕉は自分と、盃の中の月と、自分の月影の三つとで酒を飲んでいる。

恋月（こいづき）夜　傘の中のむ　罪に名を

月夜の恋の道行きに、二人は傘に消えて行く。さてお二人の罪名は？

634

名月や　池をめぐりて　夜もすがら

名月と共に池を巡って、一晩中でも過ごしてみたい風情である。

酩酊（めいてい）を　グラスが告げり　自棄（やけ）も嫁

グラスに映る姿で、自棄酒（やけざけ）も相当進んだようだが、嫁に逃げられたようだ。

635

寺に寝て　まこと顔なる　月見哉

心を澄ますには、寺に月、まことにお誂え向きである。

寺と月　猫なに見てる　真顔かな

我輩は猫であるが、人が寺で月を見る時は真顔になるので、我輩も真似をしている。

636

俤（おもかげ）や　うばひとり泣く　月の友

月夜というのに、山に捨てられた姥は、どんな思いで泣いているのだろうか。

月影や　お一人泣くも　うばの友

山に捨てられ一人泣いている老婆を、月が見守っているようだ。

637

名月の　出るや　五十一ケ条

武家社会でのきまりごとを幕府が改訂したので、世の中も少しは明るさを増したことでしょう。

十五夜の　一城出づる　名月か

十五夜のあまりの見事さに、下界のお城も負けてはいられないと姿を現した。これぞ名月たる所以である。

638

名月の　見所問わん　旅寝せむ

名月を見るのによい所を、探し歩きたい。

名月の　どんと寝ころび　見渡せむ

名月の見方は、どんと地べたに寝ころび、横になって空を見上げれば、充分堪能できますよ。

639

あさつむや　月見の旅の　明ばなれ

夜中、月を追ってのお出かけでした。

夏去れば　熱田の宮の　あけび来む

あけびの収穫時期が来たなと、実りの秋を感じつつ、熱田神宮参拝の道すがら楽しんで参りました。

640

月見せよ　玉江の蘆を　からぬ先

歌で知られる玉江の蘆を刈らぬ間に、月見をしてくれ給え。

四季たえぬ　月見の良さを　余らかせ

四季折々の月の見事さは、言葉に余るほど素晴らしい。

641

明日の月　雨占わん　ひなが嶽

明日の名月の日が雨か晴れか、比那嶽の様子で占おう。

雨の比那　希有な月形　逢わすらん

比那は山地ですから、雨の具合で月の変わりようの面白さが見られますよ。

642

名月や　北国日和　定めなき

中秋の名月に雨とは、北国の天気は本当に変わりやすい。

発句凝り　鼾(いびき)覚めなや　だめ告げよ

明月にふさわしい句をものにしようとしたが、鼾をかいて寝てしまった者に発句はやめた方がいいと、師匠からの御託宣。

643

月見する　座にうつくしき　顔もなし

月見の席には、年寄りばかりでおもしろくない。

座もお留守　錦美し　月見かな

月見の会席にお招きした美女に、皆がそちらに集まってしまい、座っている人は誰もいません。

644

米くるる　友を今宵の　つきの客

米をくれる友を客に迎えて、最高の月夜だ。

恋の句を　顧客ともめる　月の夜

所望された猫の句のことで、納得の行かない客人と夜おそくまで、猫の恋のごとく騒いでいました。

645

三井寺の　門たたかばや　きょうの月

今宵の名月を見るのに、三井寺の門の中に入りたいものよ。

今日立つや　北の三井寺　かもの晩

鴨も今晩出立するのか。ここは北の横手の三井寺だから、南の三井寺に着くには何日かかるかな。

646

名月や　門に指(さし)くる　潮頭(しおがしら)

名月もいいが、大潮で川の水が溢れて、門の辺りまでせまっている。

名月に　お暮らし易(やさ)し　雁(がん)も知る

名月の頃に雁がやって来るのは、この国が暮らしやすいからなんですよ。

647

川上と　この川下や　月の友

川下で月見をする人も、川上で見る人もお仲間ですね。

裃(かみしも)や　十月(とつき)の若も　若の床

若のお正月の晴れ着に小さな裃をつけて、一人前に床膳でお祝いをしていただきました。

648

夏かけて　名月あつき　すずみ哉

ずっと暑い中の月見だったが、やっと涼しくなった。

夏告げて　水月西瓜　雨気(あめけ)かな

いよいよ夏到来。冷たい水や西瓜、月見、入梅と忙しいことだ。

649

名月に　麓の霧や　田のくもり

名月に、向こうの山裾から近くの田まで霧がかかって一段と風情が増してきた。

もりやもり　二つ呑めにき　芸の得

田舎芝居の時、蕎麦を食うところは本当のもり蕎麦にしてくれと二枚のみ込んだ。江戸っ子は、蕎麦は噛まずに呑むのが通。

650
名月の　花かと見えて　棉畠（わたばたけ）

名月の下では、棉畠の熟した実から綿毛が出て、花のようだ。

化けの皮　剥げて拙（つたな）い　認めた絵

骨董屋経由の有名日本画は、よほど目が利かないと贋作（がんさく）が多い。贋作を見抜けず、生意気言っていた自分の含蓄のなさが情けない。

651
今宵たれ　よし野の月も　十六里

ここから十六里もある吉野の名月を、誰が見ているのかな。

誰よりも　十六の月　吉野恋

いざよいの月を恋煩いのように、吉野で見たくてたまらない。

652
座頭かと　人に見られて　月見かな

坊主頭を人に見られつつ、一人月見をした。

ひざとからみ　通れてかと　波に月

満員の月見舟で、膝と膝がくっつくほどの混み具合で、上を見ることもできず、波に浮かぶお月様を見ていた。

653

名月の　夜やおもおもと　茶臼山

名月の夜の茶臼山は、ずしんと重そうな感じがする。

名月や　万年青(おもと)の舞うや　お茶もよす

名月の夜、万年青の会が始まるや、お茶どころではなくなってしまった。一時期、万年青の鉢一つで家が買えるような高騰ぶりであったとか。ともかく獅子系の万年青は、まるで葉が舞っているようです。

654

いざよいも　まださらしなの　郡(こおり)かな

昨日の十五夜に続く十六夜の月も、ここで見たいものです。

更科の　稲田夜飾り　馬も来い

更科の棚田も大勢の手助けで田植えが終わり、皆でお祝いだ。馬もおいで。

655

やすやすと　出ていざよう　月の雲

月は意外にもさっと出たはいいが、雲に入ったり出たりでいざよっている。

いざよいや　捨て物ですと　空也突き

執着する心を捨てなさいと空也上人は、捨ててこそ捨ててこそと、人の心に突き刺さらんばかりに説き続けました。

656

十六夜や　海老煎る程の　宵の闇

月が出るまでに、お楽しみの海老を焼いてくれている。

いざ弥生　雅（みやび）の家よ　祈るほど

三月の桃の節句で、おひな祭りのお飾りがきれいなこと。この家の女の子の末長い幸せを一緒に祈りましょう。

657

鎖（じょう）あけて　月さし入（いれ）よ　浮み堂

浮御堂の鎖を開けて、千体仏が月の光で輝くところを見てみたい。

開けてみよ　憂き憂さ連れし　生浄土

今日は苦しみ悲しみを持った人たちと共に参詣し、このような浮御堂の中の千人仏に逢うことができ、感動しました。

658

十六夜は　わずかに闇の　初め哉

月は少しずつ欠けては、これから段々闇夜に入って行くところだ。

蟹はじめ　ずわい宵闇　座の中は

夕方は普通の蟹を出していたが、なかなか月が出てこないので、ずわい蟹を特注して座を持たせせた。

659

町医師や　屋敷がたより　駒迎え

武家方より町医者へお馬さんが迎えに来るのも当世風だ。

山形や　むかしより駒　生きし知恵

昔から天童は、将棋の駒作り等で生計を立てた知恵がある。

660

桟（かけはし）や　先ずおもいいづ　馬むかえ

木曽の桟での馬迎えの頃は、馬も大変だったろう。

いいか馬　お前はづむも　かしずけや

今日でお前とお別れだ。元気だから心配はしないが、ご主人に可愛がってもらえよ。

661

針立てや　肩に槌（つち）うつ　から衣

肩に針を打つ様は、唐衣を砧（きぬた）で打つ調子に似ている。

唐に発（た）つ　頃や肩打つ　針持ちて

渡り鳥とて唐までは、治療の針を持って行ったらよかろうよ。

662

砧打て　我にきかせよや　坊が妻

宿坊の奥さん、砧を打って、しみじみとした音を聞かせてくだされ。

〔坊や来て　まかせよ砧　われが打つに

坊やがやりたいと、母親から砧をもらおうと大変。〕

663

声すみて　北斗にひびく　砧かな

砧を打つ澄んだ音は、まるで北極星まで響きそうだ。

〔布袋に　与すとこ響く　狸かな

狸が布袋（「ほてい」じゃなく、粋に「ほてえ」と言いたい）様になって腹つづみをやっています。〕

664

猿引きは　猿の小袖を　きぬたかな

人があちこちで砧の音を立て、猿回しは猿の着物を打っているのか？

〔昼さなか　狸は猿で　子の基礎を

狸は化け力が第一。昼の真っ最中にもかかわらず、猿に化ける基礎訓練を一生懸命やっている。〕

665

芭蕉野分(のわき)して　盥(たらい)に雨を　聞夜哉(きくよ)

強い風で芭蕉の葉が破れて、雨漏り用の盥にも音がする夜だ。

洗い場に来て　野分を溜めよか　支障なく

洗い場へ野分さんに来てもらって、案配良く水を溜めておいてもらおうか。

666

吹きとばす　石はあさまの　野分(のわき)哉

浅間颪(あさまおろし)の風が、小石を吹き飛ばしている。

石和(いさわ)のは　飛ばすな柿の　吹き余し

山梨の石和の柿は名物ですから、どうか風さん、柿を吹き飛ばさないでください。

667

猪も　ともに吹かるる　野分かな

風が強く、猪も飛ばされそうな嵐だ。

降るわいな　年の案山子に　着るものも

着物も濡れだしてしまったと、年寄りの案山子の嘆き。

668

冬しらぬ　宿やもみする　音あられ

籾(もみ)を摺る音が霰(あられ)のようにいさましく、冬の寒さなど吹き飛ぶようだ。

あふれるや　音すら知らぬ　宿湯もみ

温泉街に来たところ、街中湯が沢山流れて、宿が何やら賑わっているが、湯もみの音だとあとで知りました。

669

よの中は　稲かる頃か　草の庵(いお)

米を頂いたが、世間ではそろそろ稲を刈り始めた頃なのだ。

猫下ろさ　蚊のなく夜の　俳諧か

夜も更けて、俳諧の会が始まるというので、膝から猫をおろした。

670

賤(しづ)の子や　いねすりかけて　月を見る

籾すりの農家の子が、手を休めて月を見ている。

峰を消す　月照り祈る　子や静か

日が深々と沈み、峰の影が消え、闇を月が照らし、やっと一日の仕事が終わり、月に感謝の祈りをする頃には、背中の子供の寝息も聞こえる。

671

稲こきの　姥(うば)もめでたし　菊の花

庭には延命長寿を願う菊の花も咲き、達者な老女も稲こきに精を出している。

物憂しば　滝の鯉はね　菊愛(め)でな

気が晴れないならば、滝登りの鯉や菊などを見て強い心、慈しむ心を育んでください。

672

よき家や　雀よろこぶ　背戸の粟(あわ)

いいお宅ですね。裏の畑で粟が実り、雀も嬉々としている。

痩せ雀　生きよ喜ぶ　江戸の粟

この痩せ雀や、何か食べていけよ。こちらに粟もあるよ。

673

粟稗(あわひえ)に　とぼしくもあらず　草の庵

この庵には、粟や稗も実り、良いお住まいだ。

朝食わずに　家とおぼしく　洗ひ物

旅先で朝飯も食べられない。道中で家らしき佇まいに近づくと洗濯物があり、人がいるのではないかと一安心。

674

わた弓や　琵琶になぐさむ　竹のおく

竹林の奥、綿弓の音が琵琶のように響いて、心を慰めてくれる。

〔綿や見ゆ　おたけびなぐむ　咲く庭の

庭の綿の木に花も咲き、大喜びの様子がこちらにも伝わってきます。〕

675

ものひとつ　わが世はかろき　ひさご哉

我が家の持ち物といえば瓢箪一つ。我が身も同様、軽々しい。

〔日毎の世　悪ろきも何必（かひつ）　坂は長（なが）

一日毎の積み重ねの人生、良くも悪くも人生坂道、すべて何必であり、その人でなければ果たせない使命というものがある。（かひつ＝型にはまることはない）〕

676

冬瓜や　たがいにかわる　顔の形（なり）

出盛りの冬瓜じゃないが、久しぶりに故郷で人に会っても、顔の様子がすっかり変わってしまっている。

〔浮かんやと　互いに名乗る　顔変（が）わり

何年かぶりで顔を合わせたが、相手の顔も名前も浮かんでこないので、それとなく自己紹介と相成った。〕

677

唐黍（とうきび）や　軒端の荻の　取り違え

荻と唐黍と間違えた。まるで光源氏が彼女を取り違えてしまった感じだ。

栂尾（とがのお）の　木乗り（きのり）智慧浮き　山羊ば飛び

京都の栂尾の高山寺で、明恵上人が一日中木の上で座禅をして人を驚かせたが、山羊だってモロッコでは木に登る。これも同じように驚きだ。

678

芋洗う　女西行ならば　歌よまむ

芋洗う女たちを見て何か詠みたくなったが、おそらくあの西行だってそうだろうと思う。

よう逢うな　女ララバイ　西行も待たむ

何回かこの地方の子守歌を聞いたが、何かとても惹かれる。西行もきっと立ち止まって聞いてみたくなるだろう。

679

手向けけり　芋ははちすに　似たるとて

蓮の葉に似ているので、芋の葉を墓前に手向けました。

友に似る　はちすは生けて　手向けたり

生前の友の生きざまにふさわしい、清廉な蓮の花を手向けて参りました。

680

いもの葉や　月待里(つきまつさと)の　焼ばたけ

里芋の山地の焼き畑をした村で、名月を心待ちにしています。

【早椿　軒や松茸(まつたけ)　里の芋

早椿の頃、軒には「松茸芋」が収穫され、里はのどかである。】

681

なまぐさし　小なぎが上の　鮠(はえ)の腸(わた)

群生する小水葱の上、腸の出た鮠がなんとも生臭い。

【肥え長し　うなぎのたわぐ　浜の餌

太く大きくなったうなぎが沢山集まって、まるで髪の毛をたわぐようにぐるぐる回って、浜で捕れた魚の練り餌に群がっている。】

682

何ごとも　まねき果てたる　すすき哉

薄が風に吹かれ、まるで手招きして穂が何も無くなってしまったような、あの人の生涯であった。

【加護招き　成るにも捨てな　果たすとき

自らがことをなすに、天上界にご加護を仰ぐには、それなりに滅却すべき煩悩があるのでは。】

683

蕎麦もみて　けなりがらせよ　野良の萩

野の萩ばかりに見とれず、蕎麦の花も見て、萩をうらやませてくだされ。

【そな見せり　野ばらもよけて　野良が萩
それなら本当の私の美しさをお見せしましょう。だって人は野ばらさえ目にいれず、私に見とれているんですもの。】

684

蕎麦はまだ　花でもてなす　山路かな

蕎麦はまだ早くてお出しできませんが、お花でもご覧になってください。

【山は花　手品でだます　蕎麦最中（もなか）
蕎麦の花ではどうにもというので、手を替え品を替え、蕎麦最中でご機嫌を伺わせていただきましょう。】

685

枝ぶりの　日ごとにかわる　芙蓉（ふよう）かな

あっちの枝、こっちの枝と、毎日変わって咲く芙蓉は面白い。

【よだるごえ　豆腐日中（ひなか）の　にわかぶり
飲み仲間の若大将が、珍しく酔いが覚めていない声で豆腐を売りに来る変わりようは、多分仕事をしないと勘当だとか言われたんだろう。（よだる＝夜あそび）】

686

霧雨の　空を芙蓉の　天気哉

霧雨のようなお天気が、芙蓉にとって一番幸せなんだろう。

〔から天気　芙蓉のその気　納（をさ）めなり

雨が降らない日が続き、さすがの芙蓉の元気な顔色も失せてきたようだ。〕

687

鶏頭や　雁の来る時　なをあかし

雁が渡ってくる頃が、鶏頭の花がますます赤く盛りになるようだ。

〔紅（あか）受ける　鳥居を木とや　鹿の鳴く

鹿の鳴く秋は紅葉がもてはやされる。鳥居とて赤く染まった紅葉のようだ。〕

688

鬼灯（ほおずき）は　実も葉もからも　紅葉哉

ほおずきは、秋が深まると実も葉も殻も、赤く色づくようだ。

〔他（ほか）ならじ　桃は実弾み　柿も重も

桃はぷりぷり、柿も重さをぐんと増し、ほかに言いようがない良い出来だ。〕

689

苔埋む　蔦のうつつの　念仏哉

苔に埋もれた蔦がからまる朝長（義朝の次男）の墓からは、ふっと念仏の声が聞こえる。

向こう脛　ぶつけたのかな　うつつのつ

どなたか痛い痛いと言っているようだが。

690

蔦植えて　竹四五本の　あらし哉

蔦が這う四、五本の竹の間を風がわたる、素晴らしいお住まいだ。

上下の　建て付けあかな　星ご覧

星を見てみ、天上の調和に比べて、この地上界は、なんと人の心の建て付けが悪く、困ったものだ。

691

蔦の葉は　昔めきたる　紅葉かな

紅葉した蔦の葉は、何か古びた雰囲気がする。

下向きの　花は目かかる　蔦紅葉

下を向いて遠慮っぽく咲く蔦紅葉は、とてもしおらしく目にとまるものだ。（目かかる＝目にとまる）

692

桟(かけはし)や　いのちをからむ　つたかずら

木曽の山中に懸けられた板の通路に、命がけのように蔦が絡んでいる。

> 啓蟄(けいちつ)や　織(はた)をカラカラ　虫の数
>
> そうれ、啓蟄だァ。人も糸巻きの準備を始め、虫たちもいっぱい出てきました。

693

蓑虫(みのむし)の　音(ね)を聞きにこよ　くさのいお

私の庵に、蓑虫の音を聞きに来てもらいたい。

> 蓑虫の　寝息を聞くに　長(おさ)の横
>
> 師匠のお宅では、緊張して蓑虫の音どころではありません。

694

いさり火に　かじかや波の　下むせび

あの漁り火をみて、鰍は波の下でむせび泣いていることでしょう。

> 漁り火か　旅路にむせし　茅(かや)の波
>
> 茅の弱々しい姿が自分の姿に似て悲しくなるが、目を転じると遠くに漁り火が見える。

695

女をと鹿や　毛に毛がそろうて　毛むつかし

秋になって、鹿たちの繁殖の時期となりました。

怪我軽ろうに　そむけつ目を閉じ　鹿妬けて

女鹿に手を出して、彼氏にひどい目に遭って手当をしてもらっているが、くやしそうに目をつぶっている。

696

武蔵野や　一寸ほどな　鹿の声

広い武蔵野の野原では、あそこの鹿も一寸ほどの大きさにしか見えない。

武蔵どや　ほの一寸の　声悲し

相手より一寸ほど長い櫂の刀で勝利した武蔵の、誇らしげな顔と小次郎の悲しい声が耳に痛い。

697

びいと啼く　尻ごえかなし　夜の鹿

びいと鹿が尾を引く啼き声を出したが、何か悲しげに聞こえる。

海老なりと　鹿鳴く夜の　籠石し

鹿も夜鳴きをし出す頃になったので、海老を捕りに、川に仕掛けを作って籠石で重しをして来たところです。

698

桐の木に　うずら鳴くなる　塀の内

塀のうちの太い桐の木に、うずらが鳴いている。

「桐散るに　塀なき脳の　うずら鳴く

桐の木の葉は枯れ落ちて、うずらが隠れる塀もなく、ここにはいないのに、私の頭の中ではまだ、今日もうずらが鳴いているのです。」

699

鷹の目も　いまや暮れぬと　啼く鶉（うずら）

怖い鷹も見えなくなる夕暮れが来て、鶉が安心して啼きだした。

「高く啼く　鶉止まれや　犬の目も

鶉よ、そんなに激しく啼いてはいけないよ。鷹はおろか、犬にまでも気づかれてしまうではないか。」

700

稲雀（いなすずめ）　茶の木畠や　逃げどころ

良い逃げ場所と心得てか、追われるとすぐ茶畠へやって来る。

「野畑や　粋な茶所　雀逃げ

同じ逃げるなら、お茶の香りのする素敵な場所の方がいいね。」

701

老いの名の　ありともしらで　四十雀(しじゅうから)

老いの名の、ついているとも知らず、元気なこと。

【四十でも　青し甍(いらか)の　奈良の鳥

青々とした奈良のお寺の甍を、飛び交う鳥の元気な姿はすがすがしい。もっとも四十雀は、なんと百七十五以上の言語の組み合わせを持っている鳥なんですぞ。】

702

病雁(びょうがん)の　夜さむに落ちて　旅ねかな

病気なのか、群れから夜寒の中、舞い落ちて、何か自分にもそんな予感がする。

【病雁よ　落ちて寒む寝の　旅何か

具合が悪そうだね。そんなにまでして行かなければならぬ旅とは一体何だね。話してみてくれ給え。】

703

雁(かり)聞きに　京(みやこ)の秋に　おもむかむ

雁の声を聞きに京へ参ろう。

【お気揉むに　雁に京(みやこ)の　秋聞かむ

それほどご心配なら、京へ行く雁に様子を聞いてみましょうか。】

704

日にかかる　雲やしばしの　わたりどり

雲がかかったかのように、渡り鳥の群れが、しばし日を遮るように飛んで行く。

雲渡る　ひばりかしかし　野に宿り

空高く飛ぶのに、どうしてひばりの巣は野原なのか。

705

盃の下　ゆく菊や　朽木盆（くつきぼん）

盃の酒がこぼれ、朽木盆の菊の模様を濡らし、謡の養老の水を思い出させる。

月の行く　菊や盃　盆支度

お月様の行く下界では、お盆の支度で忙しい。

706

盃や　山路の菊と　是を干す

重陽のめでたい菊盃を、秋の山路の菊と思って飲み干しましょう。

稀やと　干すや居士菊の　盃を

自分でも久しぶりだと、あの謹厳居士がお祝いの杯を受けてくれました。

707

秋おえて　蝶もなめるや　菊の露

秋もそろそろ重陽。老蝶も、最後の菊の露をなめるのか。

〔来ても尚　逢える焼つく　夢の蝶

夢の世界から帰っても、胡蝶は今尚、私の胸の中をさすらい歩いているのです。〕

708

いざよいの　いづれか今朝に　残る菊

今朝の十日菊と十六夜の月と、いずれも味わい深いものであった。

〔小夜の菊　いづるに飾れ　池の鯉

鯉も着飾って顔を出したし、菊もさらりと襟元を正し給え。〕

709

はやくさけ　九日（くにち）もちかし　きくのはな

九日の節句も近いのだから、菊の花も早く咲いておくれ。

〔八日（はちにち）や　話九九かも　今朝の菊

今日、まだ九月八日なのに、菊は話によると九月九日だと思っているじゃないかと感じるほど、見事に咲いている。〕

710

草の戸や　日暮れてくれし　菊の酒

祝い事など無縁な拙宅だが、差し入れてくれた酒で重陽の祝いとしよう。

〔しぐれてく　焼くひれの酒　菊の里

菊の花咲くこの里へ来てみたが、雨が降って来たついでに、ひれ酒を頂いて祝い酒とした。〕

711

影待ちや　菊の香のする　豆腐串

秋の影待ちは、庭の菊の香が豆腐の串にまで移って香ばしい。

〔木の香する　ふぐ食う年の　影や待ち

正月の影待ちで、新調のまな板の前で、鰒をご馳走になりました。（影待ち＝正月五月九月の吉日、飲食しつつ徹夜して日の出を待つ行事）〕

712

菊の香や　奈良には古き　仏たち

重陽の香る頃、奈良の都には、古い仏たちも香(かぐわ)しく感じます。

〔口のなき　宝は古き　仏にや

一見仏様は口をききませんが、全体がお口でありお耳です。お胸でお語りくださいますように。〕

713

菊の香や　ならは幾代（いくよ）の　男ぶり

今日、重陽の日か。古都は今も例年通り、男盛りといった感じだなぁ。

清らの夜（や）　生野は遠く　小降りかな

清々しい夜道であるが、四天王寺（生野）までは道のりがあるようだし、この分では雨になりそうだ。

714

菊の香に　くらがり登る　節句かな

菊の香に惹かれつつ、暗がり峠を登りましょうか。

香登る　菊の節句なり　蟹が蔵

蟹も菊の香を追って、蔵の上まで登っている。

715

菊に出て　奈良と難波は　宵月夜

重陽の日の朝、奈良を出て着いた難波では、また昨日と同じ美しい宵月を見ることができました。

宵月に　庭で泣くなら　来てよとは

泣きたいのは分かるけれど、奈良の菊さん、また来年の楽しみとしましょうよ。

716

きくの露　落ちて拾えば　ぬかごかな

菊の露が落ちたと思ったら、零余子（ぬかご）であった。

［菊ゆえの　日頃手抜かば　おちつかな

菊の手入れはちょっと手を抜くとどうしても仕上がりがさまになりません。］

717

白菊よ　白菊よ恥長髪よ　長髪よ

白菊さんよ、いくら長持ちするからといって、あまり長い白髪まで見せるとかえってみっともないですよ。

［耳が鍵　義士蔵よ四時世が世なら　儚（はかな）く死

大石内蔵助の情報収集が功を奏し、十二月十五日午前四時に討ち入った。これほどの人物が、世が世ならもっと長生きして、世のために働いてもらいたかった。］

718

起き上がる　菊ほのかなり　水のあと

水の引いた後、まだ菊は残った力で立ち上がろうとしています。

［あの菊が　瑞穂と香り　秋名乗る

水につかった菊が、稲穂と共に香り、それぞれ名前も頂きお披露目となりました。］

719

痩せながら　わりなき菊の　つぼみ哉

か細いながら菊も、それなりに蕾（つぼみ）を付けました。

> **極みなり　長良の月や　僕背中**
>
> 長良川で名月を見ながら、夕涼みをしている母親の背には、男の子がすやすやと寝ていた。

720

山中や　菊は手折らぬ　湯の匂い

山中の湯治は誠に結構、延命の薬菊を摘まなくてもいいくらいです。

> **たおらぬや　病に湯の香　菊は尚**
>
> 病には湯治がいいように、菊の花は薬草だから、やたらと折らないようにね。

721

かくれ家や　月と菊とに　田三反

月や菊、おまけに田があって、うらやましい隠居暮らしですね。

> **ヤサ叩く　隠れ家（が）とつき　金二頓**
>
> お奉行、ここはきっと大量のお宝を隠している所と確信しております。皆さん、たまには金の相場をご覧あれ。

722

ちょうも来て　酢をすう菊の　なます哉

菊の膾（なます）の旨さに、蝶も酢を吸いに来たようです。

菊を吸う　蝶好きな手の　なますかも

菊の蜜を吸う蝶の、好みの味かも。

723

朝茶飲む　僧静か也　菊の花

菊の花を見ながら、朝のお茶。僧一人、結構。

なずなの葉　僧朝刈りし　菊茶のむ

朝摘みでも飲めるものです、皆薬草なので。

724

初霜や　菊ひえそむる　腰の綿

初霜となり、冷え込む頃となって、菊も私も綿入れ着ましたよ。

腰も冷えむ　その綿着る　初薬師

正月も過ぎたが、依然として腰も冷え、綿入れを着て初薬師にお参りしよう。

725

琴箱や　古物棚(ふるものだな)の　背戸(せど)の菊

道具屋の琴箱に目がとまり、入ったら裏口に菊が咲いていた。

物宿せ　菊の小箱の　古戸棚

開かずの金庫ではないが、この道具屋にある菊の模様の古戸棚に、何か入っていそうで気になる。

726

菊の花　咲くや石屋の　石の間(あい)

石屋さんの店前にある石の間から、菊が咲き出ている。

医の花や　石の薬師の愛　気さく

石造りの薬師如来様が笑みながら、菊の花を持って行きなとばかりに置いてあるようだ。

727

みどころの　あれや野分(のわき)の　後(のち)の菊

大雨で濡れても、菊はどっこい、しゃきっとしているものだ。

どの道　われのや茸(きのこ)の　あの黒き

黒いきのこがあるのは判っている。あれは松茸より香(かぐわ)しい香茸なんです。絶対私が食べるんだと目を付けているのさ。

728

白菊の　目に立てて見る　塵もなし

白菊は、ようく目をこらして見ても、塵ひとつなく美しい。

盛立ての　白菊散るに　皆閉めて

強い風だから、盛り上がって咲いている白菊が散るから、早く戸を閉めて。

729

文ならぬ　いろはもかきて　火中哉

手習いの文を焚き火に入れるように、色づいた葉をかき集め、燃しました。

はかなかろ　不忠勝てぬ身　もらい泣き

不忠者の烙印(らくいん)を押されては生きて行けず、従軍し亡くなった若者の母親の嘆きに接し、もらい泣きをいたしました。

730

人毎の口に　ある也　した栬(もみじ)

おしゃべりする人の、お口の中にあるものは、紅色の栬かしら。

跡取りの　至極日向(ひなた)に　紅葉散る

日向育ちの跡取りというものは、とかくもみぢ色したお口に入るものにも事欠く生活に、落ち行き易(やす)いとか。

731

色付くや　豆腐に落ちて　薄紅葉

赤い唐辛子がお豆腐に落ちて、薄く紅葉しました。

> 水打ちて　時空におとす　風炉もやい
>
> この時、この場に水を打ち、風炉もこの場にふさわしい。

732

木の葉散る　桜は軽し　檜木笠

檜木笠をかぶって山路を行くと、今度は桜の葉が笠に降りかかりました。

> 春の頃　桜探しの　日は近き
>
> 今年の桜はどこにしようかと、行くところを思案しています。

733

御廟年（ごびょうとし）　経て忍（しのぶ）は何を　しのぶ草

古びた後醍醐（ごだいご）帝の墓を抱いている忍び草は、何を偲んでいるのやら。

> 年を経て　病後の武士の武具　差しは何
>
> あのお武家さんは年もとったし、病気もあるし、この案配じゃ腰の物はおそらく竹光じゃないかねぇ。

734

木曽の栃　うきよの人の　みやげ哉

木曽路の栃の実を拾って、都会暮らしの人へのみやげにしよう。

亡き人の　浮世のみやげ　その栃か

冥土のみやげに、木曽の栃を持って行きたかったのかな。

735

こもり居て　木の実草のみ　ひろわばや

買い物などせずに、この庭の木の実、草の実をとって暮らしたいものだ。

コロリ怖（こ）は　干物見て行く　闇のさば

疫病のため、食べるものは値が上がり、指をくわえるばかりなり。

736

藤の実は　俳諧にせん　花の跡

私は人が詠む藤の花じゃなく、花の咲いたあとの実を題材にしようかな。

あの富士見　厭（いと）はんかいな　背の母に

富士の見える所まで行ってみようかと、背負っている母に聞いてみた。

737

榎の実ちる　むくの羽音や　朝あらし

朝の嵐の中、椋鳥が一斉に飛び立ち、榎の実が散っている。

朝や榎の　見晴らしの青　むく散ると

榎のむくが飛び立つと、榎の葉の見晴らしがよくなり、青空が浮かんできた。

738

おおぢ親　その子の庭や　柿蜜柑

祖父や父親から受け継がれたこの庭に、柿や蜜柑が実って、いかにも豊かな感じがしますね。

おおそおや　この虹の輪や　柿蜜柑

おやまあ見てください、この虹の色は柿の色でもあるし、蜜柑色でもありますよ。

739

里ふりて　柿の木もたぬ　家もなし

古い歴史を持ったこの里は、どこの家にも柿の木などあって豊かそうです。

柿の下　犬も太りて　啼きさえも

柿の番犬がまるまると太って、人が近づいてもほえることもなく、のんびりしている。

740

よめはつらき　茄子(なすび)かるるや　豆名月(まめめいげつ)

嫁たちは辛いもの、茄子が口に入らぬうちに枯れて、もう豆名月となってしまった。

〔名月や　茄子刈るる月は　嫁らまめ
名月の頃、嫁たちは旨い茄子を食べさせてあげようと、精を出している。〕

741

夜ひそかに　虫は月下の　栗をうがつ

九月十三日の月光の下、栗虫はひっそり栗に穴を開けてしまう。

〔月下逃がる　釣師は供養を　潜む蟹
素晴らしい月の光だ、今日は供養の日としよう。蟹たちもゆっくり逃げてくれ。〕

742

木曽の痩も　まだなおらぬに　後(のち)の月

木曽路の旅に疲れもまだ癒やされていないが、今日は後の月を見て楽しもう。

〔気落ちせぬ　月に魔物やら　灘の園
月に魔物でも取りついたか、少しも顔を出してくれそうもない。まぁ一杯やろう、酒に元気は関係ないからね。〕

743

九たび（ここの）　起きても月の　七つかな

夜中にたびたび起きて、夜明けかと思いきや、まだ四時じゃないか。

〔七つ起きな　この手の旅　古希もつか

朝の四時に出発するような旅を続けて、我ながら七十の爺の体は大丈夫なのだろうか。心配だ。〕

744

橋桁の　しのぶは月の　名残哉

橋桁の忍ぶ草に、あちこちで見た月を偲び、名残惜しくも後の月を見るとするか。

〔夏至の月　蕪菜（かぶな）の花は　のたり越し

夜の出番の短い月は、終わりに近い菜の花に代わり、蕪菜の花の上をゆっくりと越して行きました。〕

745

枡買て（ますこう）　分別かわる　月見かな

住吉大社の市で升（ます）を買い、富貴になるという浮かれた気持ちで句会に行っては、俗っぽくなるとの言い訳で約束を反故（ほご）にしたが、本当は体調不良であった。

〔二日鍋　釜椀買うて　三月留守

所帯を持って二日ほど、鍋釜を買っていたかと思ったら、三月も顔を見せない。〕

746

初茸や　まだ日数えぬ　秋の露

秋になって間がないのに、初茸がもう顔を出して露に濡れている。

松茸や　付き合えぬ日ぞ　はだかの湯

松茸には、裸づきあいの毎日の風呂のようには、なかなかお目にかかれない。

747

松茸や　しらぬ木の葉の　へばりつく

松茸には、何の木の葉か判らない葉っぱがついていることが多い。

たけのこや　辛し抜く歯の　へばり待つ

子供の歯が竹の子のようにぐらぐらだが、抜けそうで抜けず、揺すってへばるのを待つしかない。

748

松茸や　かぶれた程は　松の形

松茸は、かぶれて変色したままで、松の姿を見せている。

松茸は　掘れど山の菜　かたつぶり

松茸狩りに山に入ってみたが、山菜やかたつぶりくらいしか見つけられなかった。

749

とうとさに　皆おしあいぬ　御遷宮

御遷宮の尊さに、人々は押し合うように、次々に参拝している。

【参宮し　女子(おなご)に逢うと　伊勢見ぬと】

本来は真面目だが、女の子に逢うと、もてでもててお伊勢参りどころではなかったと、見栄を張っている人がいました。

750

秋の夜を　打ち崩したる　咄(はなし)かな

秋の夜の寂しさも吹っ飛ぶほど、今宵の咄は楽しいものであった。

【奇しき名を　舌打ち開(あ)かず　夜の花】

月下美人よ、今回は咲いてくれるだろうと徹夜をしたが、月が出なかったせいか咲いてくれなかったね。君は月の下でないと美人に見えないとでもお思いか。

751

おもしろき　秋の朝寝や　亭主ぶり

秋の朝寝は気持ちよく、亭主の気遣いに感謝するばかりです。

【根も浅き　棕櫚(しゅろ)の手生(てお)いし　藪ありき】

藪の中に棕櫚が一本生え、小さな手のような葉を広げて頑張っている。

752

湯の名残　今宵は肌の　寒からむ

この湯も最後だと思うと名残惜しい。他へ行く今夜はさぞ寒いことだろう。

寒か夜は　この湯針なら　飲む醍醐

このように寒い夜は、この湯針温泉がよろしい。さしずめ酒のみにとっての醍醐味と同じさ。（醍醐＝昔の乳製品の最高品質のこと）

753

入麺の下　たき立つる　夜寒かな

寒い時は温かいものが一番。どんどん薪を燃やして入麺なんか食べたい。

入山の　したたか潔め　南無立つる

入山するに当たり、懸命に心を磨き、仏に帰依すべく立願しました。

754

手にとらば　消（きえ）んなみだぞあつき　秋の霜

母の遺髪を手にしたら、涙で秋の霜のように消えてしまわないだろうか。

奈良の秋　門徒杖ばして　阿弥陀にぞ聴き

御老体たちが秋の奈良にやって来て、阿弥陀様の話をきいていました。

755

新藁（しんわら）の　出初（でそめ）てはやき　時雨かな

新しい藁が出始めて、早くも時雨の降り出す時節になりました。

愛（め）でし花　やかんの沸きて　空しぐれ

友人の家の庭先の花をほめていたら、やかんの燗酒の用意ができ、折しも時雨となり、ついつい長居してしまった。

756

秋もはや　ばらつく雨に　月の形（なり）

秋も終わり、たまに降る雨や夜ごと細り行く月を見ても、寂しさが増してくるようだ。

気くばりや　暑き原にも　夏の雨

天の配剤でもありましょうか、野原一杯の雨で涼しくなりました。

757

枯れ枝に　鳥のとまりたるや　秋の暮

晩秋ともなると、枯れ枝にとまる鳥は、すぐ見つかってしまう。

だるまと似たれ　帰りや暮の　秋の鳥

秋の果実を沢山食べて、達磨（だるま）のように太った鳥が、巣に戻って行くではないか。

758

愚案ずるに　冥途もかくや　秋の暮

愚生が思うに、冥途も今の秋の夕暮れのような案配だろうか。

〔くぐる忍土　いずれの秋も　朱めくや

苦労の続きであったこの世の秋が美しかったように、これから行くあの世の秋も実り豊かな世界であって欲しいものだ。〕

759

髭風を吹いて　暮秋嘆ずるは　誰が子ぞ

髭面を、風に任せ行く秋を嘆いているのは、一体どなた様でありましょうか。

〔秋暮を　嘆ずる誰が子　手は日陰風情ぞ

さて、どなたかな、人生の秋を嘆ずるとは。次の世は、暑き日に日陰に入ったようなものですぞ、御安堵くだされ。〕

760

しにもせぬ　旅寝の果てよ　秋の暮

よくも死ぬような目にも遭わずに旅を続けてこられたものよ。

〔晴れぬ世の　旅寝の秋も　くせにして

パッとしない人生だが、どこか旅の暮らしぶりが身についてしまった。〕

761

蛤（はまぐり）の　二身に分かれ　行く秋ぞ

蛤が二つに分けられるように皆さんと別れ、この秋にも二見（ふたみ）に向かって出立します。

網のふぐ　蟹くれり　浜ぞ綿雪

折からの雪であったが、地引き網を手伝ったら、いろいろ獲物を頂きました。

762

こちらむけ　我もさびしき　秋の暮

こちらを向いてくれ給え。もう秋の夕暮れは淋しくてたまらない。

菊散らけ　木漏れ日寒し　われの秋

菊の手入れも終わり、一寸寒いので一枚上に着ようと思ったが、それにしてもひっそりとして寂しい秋だなあ。

763

行秋の　なをたのもしや　青蜜柑

秋も深まろうという時に、蜜柑の青々としたものを見ると頼もしくなる。

塩（しお）青（あを）の　蜜柑のなきも　鮎炊くや

塩蜜柑も青蜜柑も、鮎料理にはいい調味料になるのに、何もないとは。

764

行く秋の　けしにせまりて　かくれけり

早く蒔かねばとせかされて、まだ蒔かないでいます。小さい芥子粒よりもっと肩身を狭くして、隠れんばかりです。

〔百合に　かくまれてけり　せく秋の芥子

百合の球根を植える時、芥子も蒔いてといわれ、急ぎ一緒に蒔きました。〕

765

行く秋や　手をひろげたる　栗のいが

手をひろげて行く秋を押しとどめるように、栗のいがが割れている。

〔行く秋を　やがて下駄乗る　栗拾い

栗のいがを手で触っていたが、段々痛くなり、下駄で踏んづけて採ることになった。〕

766

此の道や　行く人なしに　秋の暮

秋も末の夕暮れ、行く人のないこの道に、一人たたずんでいます。

〔あとなき日　暮れにし後(のち)の　行く都

体調もいよいよ悪くなった。さて次の世は、一体どのようなところであろうか。〕

767

松風や　軒をめぐって　秋暮ぬ

松風が軒端を吹き巡ると、秋もそろそろ終わりに近づいたようだ。

〔山の雨を　くぐって濡れ　きつき風邪

山で雨をくぐるようにして下って来たが、すっかり風邪を引いてしまった。〕

768

秋深き　隣は何を　する人ぞ

秋も深くなったが、静まりかえったお隣さんは、一体どういう生業をしている人なんだろうか。

〔伏す人か　秋は気になる　隣をぞ

隣にいるのに話もしたことがないが、病人なんだろうか。〕

769

行秋や　身に引きまとう　三布蒲団（みのぶとん）

冬も近くなったが、三布蒲団しかない。どうにか身にまとっているが。

〔秋の雪　ひまや身に問う　組蒲団

めずらしく晩秋の雪を暖かな蒲団の中から眺められ、することもなくこんな生活をしていてもいいのかと気になった。〕

770

雨の日や　世間の秋を　堺町

雨の日は寂しいが、日本橋の堺町は、芝居小屋などで別世界の賑わいですよ。

あかさんや　火を消せ雨の　銀杏(いちょう)の木

銀杏は水分が多く、火災に強いから、並木に使われるとか。

771

見渡せば　詠(ながむ)れば見れば　須磨の秋

見渡しても、眺めても、どう見ても須磨の秋は素晴らしい。

あばれ滝の　須磨なれば　わが身ば見せむ

いい滝が須磨にあると小耳にしたので、是非滝行をしてみたいものです。

772

秋十(と)とせ　却って江戸を　指す古郷(こきょう)

お江戸暮らしも十年になるこの秋、故郷へ帰ろうとしたが、かえって江戸が故郷のように感じられる昨今である。

今日十とせ　かえって小江戸　秋を指す

小江戸と呼ばれるこの地に来て十年になったが、ここの秋の風情は、江戸より格段によろしい。

773

この松の　実ばえせし代（よ）や　神の秋

鹿島神社のこの立派な松は、実生のものと聞き、ますます昔が偲ばれます。

［松の秋　この世ばえせし　神の宮
この世の繁栄をもたらした神の社は、格段に素晴らしい。］

774

かりかけし　田づらのつるや　里の秋

稲を刈っている最中に、田んぼに鶴が舞い降りてきました。

［秋の田の　鶴や案山子と　授けらり
田の片付けも済み、あとは案山子だけと思っていたが、鶴がやって来たので、授かりものの鶴の餌をとられないよう、案山子もそのままにした。］

775

おくられつ　おくりつはては　木曽の秋

見送られたり、送ったり、木曽路を何回通ったか。いつの間にやら秋となった。

［送り着き　送られつ　その秋は果て
お宅までお送りしたが、また送られたりしているうちに秋も終わりになってしまった。］

776

秋涼し　手毎にむけや　瓜茄子

秋の涼気の中、瓜や茄子は各自の手で、皮をむいて頂きましょう。

仕事あてむ　瓜酢漬けに　焼きなすび

おもてなしの日だ、今日は分担して頑張りましょう。

777

寂しさや　須磨に勝ちたる　浜の秋

ひっそりとしているが、この種の浜の景色は、須磨に勝るものでしょう。

浜の朝　また寂しきか　巣にや散る

朝のひとときは、餌をついばみに来ていた鳥が、さびしくなったのか、また巣の方へと散って行ってしまった。

778

胡蝶にも　ならで秋ふる　菜虫哉

殆ど蝶になって飛んで行ったのに、まだ青虫のままで気の毒だ。

あなかしこ　奈良で気に揉む　手斧振る

大工になって、あまり経験のない弟子が、奈良の社寺での仕事を手伝うことになり、一寸心配をしているのです。

779

秋のいろ　ぬかみそつぼも　なかりけり

画賛を求められ、画像の兼好に糠味噌（ぬかみそ）の壺一つ持たない、清廉な人となりを感じる。

色つけり　秋の雷　祖母も糠

雷が空気中の窒素肥料を作り、稲を成長させ、祖母は糠漬けで秋のご飯に彩りを添えます。

780

秋に添うて　行かばや　末は小松川

秋の道づたいに川を下って、小松川辺りまで行ってみようかな。

山行かば　杖買うて明日　木曽川に

木曽川の源流へ行きたければ、杖を買って山を登っていけば、明日には着きますよ。

781

むさし野や　さわるものなき　君が笠

むさし野は、本当に平坦な荒野だ。君の後ろ姿がいつまでも目に残る。

品川の　坂先見るや　寒きもの

浜の方に下って行きますと、そこが刑場の鈴ケ森です。

782

この秋は　何で年よる　雲に鳥

秋という季節は、鳥が遠くに飛んでいくことでさえ自分が年を取ったと感じてしまう。

〔年寄りは　何でも秋の　刻と似る

聞くところによれば、人も秋も暮れる時は、釣瓶落としの如く徐々にではなく、がくんがくんと来るそうですよ。〕

枯野の章

783

月の鏡　小春にみるや　目正月

鏡のような月を小春に見られて、これが本当の目正月や。

【正月や　鶴亀が神酒に　巫女の春

正月の神社詣りで、巫女がお祝いの御神酒を、鶴亀の飾りを付けた酒器で振る舞っています。】

784

都出でて　神も旅寝の　日数哉

出雲詣りの神々も、道中長い旅を続けたことでしょう。

【旅日数　いも寝や　紙衣の中身出て

帰郷の旅だが紙衣しかなく、芋の重なりのような寝方をして紙衣が少々ほつれ、素肌が見え隠れ。】

785

留守のまに　荒れたる神の　落ち葉かな

神無月に、久しぶりに江戸に帰ると、神社の境内は荒れ果てていた。

【飲まれるな　かか飲みに留守　おばあたち

嫁たちはこぞって飲み会のようだ。それ、おばばたちも臆することなく、一杯やろうではないか。】

786

菊鶏頭(きくけいとう)　きり尽しけり　御命講(おめいこう)

御命講に供えるため、残しておいた菊や鶏頭を全部きりとりました。

> 空生きけり　説き尽くしけり　御命講
>
> 仏法を一生懸命説き続け、また実践され、この世を去ったお方の御命日です。

787

御命講(おめいこ)や　油のような　酒五升

今日は日蓮上人の忌日や、徹夜で、集めたこってりとした酒をたっぷり飲んで楽しもう。

> 碁ならやめ　お相子のよう　酒勝負
>
> 見ていると、碁の勝負はどうやら互角のようだから、次はお酒で勝負といきませんか。

788

振り売りの　雁(がん)あわれ也　ゑびす講

祭りの料理に出す雁を、ぶらさげ売り歩いて行く。雁が少々気の毒なり。

> 売り残り　うふ和顔あれ　ゑびすなり
>
> さあ、これが最後だ、半値でいいよ持ってけ。これがほんとのゑびす顔。

789

ゑびす講　酢売に袴　着せにけり

商売人のお祝いのゑびす講に、酢売りの行商人が今日は袴をつけていました。

ゑびす講　賭にはまり　すきに失せり

彼はゑびす講の屋台で賭け事に夢中です。さて、失せたものは自分の商売道具でしょうか、それともおかみさんでしょうか。

790

旅人と　わが名呼ばれん　初しぐれ

初時雨の中を出立する私は、旅人と呼んでもらいたいものだ。

とびが晴れ　時雨（しぐれ）ば酔わん　夏と旅

とびが高く舞うと晴れと、出立を促してくれている。夏の時雨で、また一杯やろうと、とにかく夏の旅はお気に入りだ。

791

初しぐれ　猿も小蓑を　ほしげ也

初時雨の山中で、猿も蓑をほしそうにしていた。

春告げり　さし込みほぐれ　信濃をも

この信濃の里にも春の陽気が漂い、冷えでのさしこみも治り、体調も戻りました。

792

今日ばかり　人も年よれ　初時雨

初時雨の今日ばかりは、若き人も年寄りみたいに泰然としていたいものだ。

初雁と　呼ばれしも今日　ひと時雨

初雁城と呼ばれるこの川越城に来たが、一寸雨になった。雁はもう南へ旅立ったのだろうか。

793

初時雨　初の字を我　時雨哉

時雨もそうだが、私も江戸っ子になってしまったか、初物が好きだねぇ。

橋か辻を　はぐれのわが　夏時雨

乗り合いの舟で来て、橋か辻を聞き違えたか、待ち合わせの場所に誰も来ない。この暑いのに顔が時雨れてくるよ。

794

一時雨　礫や降って　小石川

名前にあやかっての雨が降るわけではなかろうが、ともかく石礫のような雨だ。

恋つぶて　振ってかわしや　一時雨

打ち明けられて、上手にお断りしながらも、一寸泣きました。

795

行く雲や　犬の欠尿むらしぐれ

出ては止み、と時雨もワンちゃんのおしっこみたいだ。

〔犬行けば　時雨雲かや　栗の村
ワンちゃんも、降りそうだとわかったのか退散し、静かな村になった。〕

796

いづくしぐれ　傘を手にさげて　帰る僧

どこかで時雨にあったたか、濡れた傘を携えて僧が戻ってきました。

〔時雨照る　笠杖を手にさげ　僧行くか
時雨れる日、照りつける日を問わず、笠杖を持ち、出で立つ僧の決意。〕

797

世にふるも　さらに宗祇の　やどり哉

飯尾宗祇の歌の通り、この世は辛さの中にこそ、見出すべきものがあるのです。

〔降りに凪　模様に宿る　その辛さ
人生、良い時も悪いときも、その時々にこそ隠されている意味を、じっくり味わうべき心の使い方が促されるものだ。〕

798

この海に　わらんじ捨てん　笠しぐれ

この家で、しばらく厄介になるので、だめになった草鞋を海に流そう。

探れし　香蘭の人家　庭澄みて

善人と交わるは、蘭の室に入るが如しと孔子は言われたが、今日やっと貴人にお目にかかれる栄誉にあずかり、辺り一面の香しさ（かぐわ）が魂に染み込むようだった。

799

かさもなき　我をしぐるるか　こは何と（なん）

笠もないほどの私を、どうしてこんなにも困らせてくれるのかい。

我を香ぐ　こともなかん　死なるる先は

人世で人に褒められるようなことを何もしなかった私には、あの世に行っても線香の一つもあげてくれる人はいないであろう。

800

草枕　犬も時雨るか（しぐる）　よるのこえ

時雨の宿に、雨にぬれた犬の鳴き声が、夜の闇をつんざく。

掻い潜る（くぐ）　猿も声濡らし　夜の幕

猿も夜の闇を掻い潜って、餌をねだりに現れました。

801
一尾根（ひとおね）は　しぐるる雲か　ふじのゆき

富士山の尾根の辺りの雲は、雨を降らす雲だろうか。

燃ゆる富士　等しく香（かぐ）き　春の尾根

四季、いずれの尾根も気品溢れているが、春はまた格別である。

802
人々を　しぐれよやどは　寒くとも

寒くなってもいいから、一雨降らせてくだされ。

群れは夜も　一仕草をや　得度人

得度を受ける若い人達が集ってきている。夜間一体どんな行事をこなして行くのだろうか。

803
茸（たけ）狩りや　あぶなきことに　ゆうしぐれ

きのこ取りも、すんでのところで雨に遭うところであった。

たぐりとれ　やなに小鮎が　しぶき受け

慣れない、やなで鮎を取り、遊ばせてもらいました。

804

山城へ　井出の駕篭(かご)かる　しぐれ哉

山城へ向かう途中、しぐれに遭い、駕篭に避難と相成った。

〔軽ろし駕篭　しぐれやまるで　家の中

軽快に駕篭での道中、突然の時雨で、辺りはまるで囲まれた家の中みたいだ。〕

805

しぐるるや　田の新株(あらかぶ)の　黒むほど

刈り後の稲の株が、黒く見えるほどのしぐれである。

〔荒(あら)ぐるや　田の穂かぶくる　泥虫の

田の穂をへんてこにして痛めつけるのは、泥虫の仕業だ。〕

806

作りなす　庭をいさむる　しぐれかな

仕上げた庭に、一層磨きをかける時雨である。

〔我愚(ぐ)なり　南無衰(すい)に勝つ　策を知る

神よ、何事にも消極的な我にも、自分に打ち勝つ術(すべ)を導き給え。〕

807

宿かりて　名をなのらする　しぐれかな

しぐれで急遽宿に駆け込んで、宿帳に書く名を尋ねられた次第。

〔寺の中　怒鳴り泣かすや　時雨れるを

寺の説法を聞いていると、怒鳴られるような迫力と、涙をそそる慈愛の話などを聞いて、涙を流している人もいる。〕

808

馬かたは　しらじしぐれの　大井川

ここまでで引き返す馬方は、大井川の時雨の風情を味わったことはないのでは。

〔おおい　待たれは神楽寺の　皺（しわ）が衆

神楽寺の講の年寄り連中が、渡し船に待ってくれよと叫び声。〕

809

しぐれ行くや　船の舳綱（へづな）に　とり付きて

別れにあたり、船の舳綱に取りすがって別れを惜しんだ。

〔時雨れづに　部屋の月となり　船行く手

船の行く手はお天気だそうで、お陰で船の障子から月を見ることができる。〕

810

霜枯れに　咲くは辛気の　花野哉

秋の霜枯れで、ほとんど咲いている花はなく、気をそそられるような花は咲いていない。

苦し野は　咲く気も花の　試練かな

辛さを試練と受け止めることを、自分自身しっかりと心に据えて生きてくだされ。

811

霜を着て　風を敷き寝の　捨て子哉

寒さも寒し、吹きさらしの風の中の捨て子とは。

瞽女も聞き　手を貸す死なね　手をのかし

雪の中、目の見えない瞽女たちが捨て子の泣き声をききつけ、人の手をはらって自分の肌に抱いて暖めてやりました。

812

霜をふんで　ちんば引くまで　送りけり

別れがたく霜の中を、足を痛めてしまうほど遠くまでお送りしました。

萬里でも　弟子負けん血吹く　日を送り

鉢の木の佐野源左衛門ではないが、一朝事あればそちらに馳せ参じる覚悟で、毎日鍛錬の日を送っています。

813

貧山（ひんざん）の　釜霜に啼く　声寒し

貧乏寺は、焚く釜の声さえ心細く聞こえる。

散々な　火に敷く釜も　虫の声

貧しい寺の釜は、もう虫の息だ。

814

火を焚いて　今宵は屋根の　霜消さん

頂いた薪で今夜は温まりましょう。屋根の霜も消えることでしょう。

この宵は　火を焚けて寝し　芋屋さん

今夜は薪を頂けましたので、みんな固まって焼き芋の形で寝ました。

815

さればこそ　あれたきままの　霜の宿

想像通りの荒れはてた庵だこと。

どの山も　楽しさ染まれ　小秋晴れ

秋になったが、日一日と彩りが増してきて、素晴らしい季節となった。

816

薬のむ　さらでも霜の　枕かな

この寒い夜に風邪を引いてしまうとは。

物すなら　無理隠さでの　霜枕

気持ちを貫こうとするならば、老境でもあるので無理をしないのが肝要。

817

葛（くず）の葉の　面（おもて）見せけり　今朝の霜

葛は裏が白いのだが、今朝は表も霜で真っ白。

野の獣（けもの）　見て臆せず　今朝も走り

対策の甲斐もなく、また畑を猪に荒らされ、私を見ながら悠々と走り去ってしまった。

818

かりて寝ん　案山子（かがし）の袖や　夜半（よわ）の霜

霜の落ちる夜中は、案山子の着ている物すら借りたいほど冷え込む。

袖もしか　案山子のより　わてのやねん

芭蕉さん、闇夜でお間違えになったのか、それ、わいの袖や。それとも……。

819

みな出でて　橋をいただく　霜路哉

総出で霜の降りた新大橋を、有難く渡らせてもらった。

〔撫でて居し　名をも頂く　橋短か

橋ができ、欄干を撫でてみた。新大橋の名まで決まり、対岸までが短くなった。〕

820

夜すがらや　竹こおらする　けさのしも

夜中冷えも進んで、竹の葉に霜がびっちり。

〔夜すがら　も少し樽やら　桶の酒

夜中、も少し、も少しと言って、樽や桶の酒がみんな空になってしまった。〕

821

水寒く　寝入りかねたる　かもめかな

水も冷たく、今夜は鴎も寝付きが悪かろう。

〔稲高く　重なり寝むる　水鴎

湖の鴎が群れて、稲の向こうで重なり合っているように見える。〕

822

寒けれど　二人ねる夜ぞ　頼もしき

寒い夜だけれど、二人で寝ると安心できる。

霧もさけ　群れたる船ぞ　淀楽し

三百石船で淀川を、多くの人たちが京へ上って行くことよ。

823

ごをたいて　手拭いあぶる　寒さ哉

古い松葉を焚いて、凍った手拭いでもあぶりたいほどの寒さだ。

五体を　拭(ぬぐ)いて手あぶる　寒さ哉

風呂を頂いて部屋に戻ったが、尚火鉢で手をかざしたいほどの寒さだ。

824

葱(ねぶか)白く　洗いたてたる　さむさ哉

洗い立ての白葱が、一層寒さをそそるようだ。

朝か眠し　樽風呂炊いて　桜かな

もう朝か。樽風呂に一寸入って、桜見に行こうかな。

825

塩鯛の　歯ぐきも寒し　魚の店（たな）

魚屋の塩鯛の歯がむき出しで、一層寒さを感じる。

魚の歯だ　虫食（ぐ）いもなし　滝の長（おさ）

鯉の喉にある歯は、硬貨も曲がるほどの力があるというが、さすがに滝の主だけあって立派だ。

826

袖の色　よごれて寒し　こいねずみ

涙で濡れて、ねずみ色の喪服が一層濃く映る。

宵越しの　子ねずみ誘い　群れて出ろ

やれやれ、押し入れの中で鼠が子供を生んだか。そのうち、つれて引っ越せよ。

827

狂句木枯らしの　身は竹斎に　似たるかな

寒空の中、句を詠み歩く我は、あの狂歌の竹斎に似ているのかな。

今日の句会　煮たるは鯒（こち）が　肉刺身なら

彼を句の会に誘ったら、食う会と間違えているようだ。

828

そのかたち　見ばや枯木の　杖の長(たけ)

遺愛の枯れ木の杖の丈から、故人の生前の姿を偲ぼう。

土の香の　竹添え見ばや　滝の枯(かれ)

お庭の枯山水の、見事な作りに驚嘆いたしました。

829

こがらしや　頬腫(ほほば)れ痛む　人の顔

木枯らしや、寒さでひびだらけの頬になり、痛む人が多い。

惚れたがや　お人払いし　ほかの聟

婆やにだけ、本音を漏らすことができました。

830

京にあきて　この木がらしや　冬住まい

京の暮らしにもあきたが、この家は木枯らしが吹いても大丈夫。

小屋住まい　小嵐の京に　冬が来て

この小さな庵にも、それなりに冬が来て風も吹く。

831

木枯らしに　岩吹きとがる　杉間かな

杉木立の合間から、木枯らしで頭がとがってきたような岩が見えた。

〔木枯らしに　木々が沸(わ)いとる　襖かな

風が強く、木々たちの悲鳴で、襖が沸いた鍋蓋のようにバタバタしている。〕

832

木枯らしや　たけにかくれて　しづまりぬ

吹きさらしの木枯らしも、竹藪の中では大分静まるようだ。

〔竹濡れて　蚊が静まりや　こにくらし

一雨止んだのか、私の血を頂いていたにくらしい蚊たちが藪の中に戻っていったようだ。〕

833

しばの戸に　ちやをこの葉かく　あらし哉

草庵で茶を沸かすほどの木の葉が、風で運ばれてくる。

〔蒼(あを)の戸に　茶花かしこく　菓子の原

空を茶室に野点としゃれ、花も寄ってくれ、茶菓子の模様になっている。〕

834

宮守よ　わが名をちらせ　木葉川（このはがわ）

宮司さん、私の書いた願文を、木葉川に捨てておいてくれ。

奈良の森　わが血をはせよ　京川（みやこがわ）

奈良での滾（たぎ）る思いを、京の都にまで運んでくれないか。

835

三尺の　山も嵐の　木の葉かな

三尺ほどの山でも、風は容赦なく木の葉を吹き飛ばしてしまう。

花の鴨　この三尺の　嵐山

花一杯の鴨川から見るこの嵐山は、貴方の目には三尺に縮まって映っています。

836

ももとせの　気色（けしき）を庭の　落葉かな

これが百年かと思われる庭の景色の中、ひらひらと木の葉が散る。

土地の桃　芭蕉（ばせお）か庭の　なを気色

この辺りは桃の名産地と聞いているが、庭の芭蕉もなかなかですね。

837

とうとがる　涙や染めて　散るもみじ

神仏の尊さに、あふれる涙で染まったか、紅葉が赤く染まっている。

目閉じるも　弥陀が内とて　見やるそな

生きている時も死んだ後も、如来は往来し、魂を見続けておられるという。

838

しのぶさえ　枯れて餅かう　やどりかな

ぺんぺん草さえ枯れたこの境内の外で、餅でも買って休むとしよう。

照りかえれ　藪もどかさな　鹿のうち

このひどい藪も、手入れをしないと日もはいらない。元鹿が住んでいたという。

839

花皆枯れて　哀れをこぼす　草の種

花らしきものもなく、枯れた草花の種がこぼれてさみしい。

名を残す　咲く花実たわれて　茜惚れ（あかねぼれ）

茜は垂れているように他にへばりついて咲くが、実は素晴らしい染料となって人に喜ばれる。

840

ともかくも　ならでや雪の　枯れ尾花

何とかかんとかして、雪の中から枯れ尾花が顔を出した。

お名もなき　枯れ寺問(と)やば　床(ゆか)の蜘蛛

旅先で、潰れそうなお寺に声をかけたら、床に蜘蛛が出迎えてくれた。

841

旅に病んで　夢は枯野を　かけめぐる

旅の途中で病んだ身ですが、夢の中ではあちこち飛び跳ねているんだ。

旅に出や　巡るは枯野を　夢かけん

きっと芭蕉さんは、まだまだあちらこちらと夢をかけて、お出かけしたいと思っていらっしゃることでしょう。

842

菊の香や　庭に切れたる　履(くつ)の底

菊の香漂う庭に、なんと、すり切れた草履が裏返しになっていた。

菊の庭　着くに足るかや　底の切れ

菊の香ただよう立派な庭でのお茶会に、急にさそわれたが、どうも席につくには履の底がすりへっているので気まずい。

843

寒菊や　粉糠（こぬか）のかかる　臼の端（はた）

粉糠のかかった臼のそばで、寒菊が花をつけている。

干拓の　小屋か臼の香　嗅ぎぬ春

干拓の小屋で新年の餅つきか、草餅の香りがする。

844

寒菊や　醴（あまざけ）造る　窓の前（さき）

甘酒を造る台所の窓の前に、寒菊が咲いていた。

甘酒屋　どく寒菊の　祭る前（さき）

神社の絵馬をかける場所の先だけは、お祭りの際には一寸あけて屋台を出すのですが、今回も甘酒屋の屋台が避けて店を出しました。

845

凩（こがらし）に　匂いやつけし　かえりばな

木枯らしが吹き、庭が台無しになったかと思ったら、帰り花が散って美しい。

帰り橋　何やら苔が　匂いしつ

何だ「松茸じゃ苔」の匂いではありませぬか。（松茸じゃ苔＝マツタケジャゴケ）

846

冬牡丹　千鳥よ雪の　ほととぎす

冬牡丹の庭で啼く千鳥の声は、雪中のほととぎすといった格好だ。

【ぼたん雪　杉の戸酔ふと　千鳥呴(ほ)ゆ】

貧乏しつつも酒に酔うと声が荒くなり、御帰宅の千鳥足の御仁が大声を出している。

847

さしこもる　葎(むぐら)の友か　ふゆなうり

訪れる人もなく、冬菜売りを友というべきか。

【晒(さら)しもの　ふぐ凝(こ)る仲も　無理と云(ゆ)う】

変わった河豚(ふぐ)を買えと言われたが、河豚通もよせというので売れ残ってしまった。

848

もののふの　大根苦き　はなしかな

大根の苦みと同様、武家の方との話には、なんともいえない味わいがある。

【伊賀者の　ふだん何着し　木の葉かな】

普段の忍者の訓練は大変と聞いているが、木の葉の隠れ蓑でも着るのかな。

849

鞍壺に　小坊主乗るや　大根引（だいこひき）

大根を収穫している間、子供を馬の鞍に乗せている。

「小坊主に　役平太鼓　月登る

月夜のお祭りに、平太鼓の役を受けもち、屋台にチビたちが登場しました。」

850

菊の後（のち）　大根のほか　更になし

菊の花が枯れた後、愛（め）でるものは大根くらいか。

「何代の　古式の桜　地の顔（かほ）に

先祖代々受け継がれてきたこの桜は、この土地の顔役になっている。」

851

麦はえて　よき隠家（かくれが）や　畠村（はたけむら）

麦もよく生えて、隠家にはもってこいだ。

「隠れ村　良き畠得て　早麦が

越中の五箇山には、世の騒音も届かず、良い畠があり、素晴らしい早麦屋節も聞こえてきた。」

852

まづいわえ　梅を心の　冬ごもり

春になったらまず梅見だ。それを楽しみに冬ごもりだ。

〔梅乞わず　笑まいの頃を　冬ごもり

体調が悪く、もう梅が開花だというのに、自分はまだ冬ごもりだ。（笑まい＝つぼみがほころびること）〕

853

冬ごもり　またよりそわん　このはしら

我が草庵での冬ごもりは、この柱に体をあずけて頑張るとしよう。

〔畑よりそのわら仕込まん　冬ごもり

冬は仕事がないので、草鞋などを作って、わずかでも稼ごう。〕

854

折々に　伊吹をみては　冬ごもり

折りに触れて、伊吹山をみては、冬を過ごすとは、羨ましい限りだ。

〔雪ごもり　降りは多いを　見振りにて

口に蜜柑でも入っているのか、雪の積もり具合を手振りで知らせた。〕

855

金屏の　松の古さよ　冬籠もり

冬籠もりの中を、この金屏風の松が風情となって味わい深い。

ご予算の　病気のふりも　詰まる冬

年末にはお付き合いも多くなり、懐も詰まってくるし、体の調子が悪いと嘘をついて断ることも重なってくる。

856

難波津や　田螺の蓋も　冬ごもり

難波津では、田螺も戸を閉めて冬籠もりをするのか。

蓋したに　鵙の名残や　庭も冬

鵙もしばらく聞かないが、冬のこの庭には、いつも鳴いているように思える。

857

炉開きや　左官老い行く　鬢の霜

炉開きに来てもらっている左官を呼ぶと、前より白髪が目立ってきた。

きらびやか　白さも老いん　ゆく鬢の

すれ違った人が、おしゃれして行ったが、白い鬢は老いを隠せない。

858

口切りに　境の庭ぞ　なつかしき

口切りの席より見渡すと、利休の庭もかくやと慕わしく思える。

庭石に　笠菊ぞ散り　月の中

庭に笠や菊模様があるように、お月様にも庭石のような模様が見える。

859

五つ六つ　茶の子にならぶ　囲炉裏かな

五、六人が、茶菓子を前に、頭をつけるように囲炉裏端を囲んでいる。

五つの子　囲炉裏にならぶ　茶つむ仲

五歳の子も一人前に、いろり端に並んでいる。

860

霜の後（のち）　なでしこ咲ける　火桶かな

霜が落ち撫子も枯れたが、手元の火桶に画かれている撫子は健在だ。

今朝なでしも　お昼泣かし　子の血の気

朝はにこにこ撫でられていたのに、昼には嫌がる。この子は気難しいな。

861

住みつかぬ　旅の心や　置火燵（おきごたつ）

旅ばかりしている私の気持ちは、この置き炬燵（ごたつ）のように落ち着く場所がない。

心旅　やつす辰巳（たつみ）の　お駕篭来ぬ

人に気を遣う毎日でお疲れでしょう。今日はお忍びでごゆっくり花見でも。

862

きりぎりす　わすれ音（ね）に鳴く　火燵（こたつ）かな

火燵の中で、季節外れにこおろぎが鳴いている。

きりぎりす　何鳴く火燵　わすれかね

このこおろぎは素晴らしい音色だ。忘れ音なのに忘れられないね。

863

白炭（しろずみ）や　彼（かの）うら島が　老いのはこ

黒炭から作る白炭は、玉手箱を開けて一瞬で老人になった浦島のようだ。

うらやまし　色の好みが　お恥ずかし

浦島さんと、同じ経験をしてみたいと思う心が恥ずかしい。

864

小野炭(おのずみ)や　手習ふ人の　灰せせり

小野炭で火をおこし、灰に火箸で字を書いている。

〔負う人の　背な見せはやり　伊豆の寺

父親を背負い、川の湯で背中を流している姿を弘法大師が見て、持っている独鈷(とっこ)で岩を削り、今日賑わいを見せる伊豆修善寺の温泉街となった。〕

865

消し炭に　薪わる音か　をののおく

小野の里の奥で、消し炭を作るために薪を割っている。

〔奥美濃の　静かに回る　音を聞け

虫の音と小さな水車の音と、聞き分けてみてください。〕

866

埋(うず)み火も　消ゆやなみだの　烹(に)ゆる音

子を亡くした弟子の落梧への追悼の句は、子を思う悲しみの涙で埋火も消え、また涙の煮える音が聞こえるようだ。

〔夕月に波　弥陀のおる　指許(もと)や

あの子は月の船に乗り、阿弥陀様のおられる彼方を指さして登っているではないか。〕

867

埋み火や　壁には客の　影ぼうし

火鉢の埋み火を挟んで客と対していたら、壁にその人の影が映っていた。

> 壁にのう　坊主は見しや　影飛脚
>
> 壁に耳ありといわれるが、今そこに誰かいたように思えたが、大事な話はしていなかったから大丈夫だが、ご注意くだされ。

868

米買いに　雪の袋や　投頭巾（なげずきん）

米を買うには、長めの袋を、雪よけの頭巾代わりに使おう。

> 夢買いに　復路や嘆き　この頭巾
>
> 俳諧の集いにでも行ったのか、その頭巾の被りようでは、成績は今一つだな。

869

おさな名や　しらぬ翁（おきな）の　丸頭巾

あまり面識のない松永貞徳翁の丸頭巾姿から、幼名長頭丸の名も浮かんできました。

> 指図やな　大きな乱の　なまぬるき
>
> 大敗の原因は、大体指導者の生ぬるき判断が原因のようだ。

870

ためつけて　雪見にまかる　かみこかな

紙衣ながら、皺を伸ばして雪見に出てきました。

蟹囲み　神酒奉る　夢かけな

蟹神社ですから、横ばいなどといわず、大願を念じてくだされ。

871

夜着は重し　呉天に雪を　見るあらん

厚着のせいもあり、夜着は重く、思えば呉の天気も雪であろう。

仰ぎ見る　天使も雪夜を　ご覧には

天上では天使たちが、クリスマスの雪の具合を心配されているのかな。

872

被き伏す　鋪団や寒き　夜やすごき

奥さんを亡くし、一人蒲団をかぶって寝る夜は、さぞ寒かろうな。

荒む夜や　ご歓喜伏すや　ふと気づき

亡妻を思い自棄になっている時、そこに奥さんが歓喜天になって現れ、励ましてくれたようだと彼は言っていた。

873

夜着ひとつ　祈り出して　旅寝哉

鳳来寺の薬師様に祈ったお陰で、夜着を一つ頂きました。

余儀一つ　金祈り出し　泣いて旅

祈り出す技があるなら、金を祈り出し、泣いて喜ぶ旅の一つもしてみたい。

874

あら何ともなや　きのうは過ぎて　河豚汁

きのう河豚汁を頂いたが、毒にあたることもなく一安心。

あな尊うと　天やすらぎ雲なき　春の富士

ことのほか好天の春の富士山は、厳かで素晴らしい。

875

あそび来ぬ　ふく釣りかねて　七里迄

河豚を釣ろうと思ったが、だめで海上七里のここまで来てしまった。

遊びかね　血祭りできぬ　ふく知りて

祭りのどさくさに鰒を食べようとなったが、血祭りにされるのが怖くて遠慮させてもらった。

876

いきながら　一つに氷る　海鼠(なまこ)かな

海鼠がまるで一つにまとまって凍っているように見える。

【音なきに　こいつ等昼が　海鼠かな

働かず寝てばかりのこの連中は、海鼠のように動かない。】

877

星崎の　闇を見よとや　啼く千鳥

星崎は千鳥の名所で、闇夜でも啼くと聞くが、なるほど、やたらと啼いている。

【闇刻み　堀の八千代を　しとど啼く

病いに伏せている殿様の快癒を願って、夜も千鳥が啼いているのです。】

878

千鳥立つ　更け行く初夜の　日枝おろし

夜も更けて、比叡の山から風が吹き下ちる川辺に、千鳥が啼いている。

【冷や二つ　のどくろしちり　湯桶背負(しょ)え

樽風呂に入って、のどぐろで一杯やりましょう。さあ準備だ、桶持ってこい。】

879

塩にしても　いざことづてん　都鳥

都鳥を塩漬けにしても、京への土産に持たせたいものだ。

百舌いとしや　踊りてここに　座して見ん

あまり人を恐れない百舌を、ここで観察してみようよ。

880

海暮れて　鴨のこえ　ほのかに白し

海も暮れて、鴨の鳴き声がして、いくらか耳には白く感じられる。

上野越し　鴨に隠れて　三保の白

不忍（しのばず）の池の鴨に黙って、富士山を見に行きました。

881

けごろもに　つつみてぬくし　鴨の足

羽毛でつつまれた鴨の足は、あたたかそうだ。

手も足も　弥勒（みろく）の御下賜（ごかし）　筒抜けに

手とり足取り三世を貫く、神仏から頂く境地と智慧は無尽なり。

882

鷹一つ　見付けてうれし　いらござき

鷹の名所の伊良湖岬で、鷹に出会えて感激です。

鯛一つ　景色勝浦　見てござれ

ここの鯛は、一目で格別のものであるとおわかりいただけると思います。

883

夢よりも　現（うつつ）の鷹ぞ　頼母（たのも）しき

鷹はやはり夢もいいけれど、より実物の方が頼もしい。

うつつより　夢ぞ楽しき　ものも鷹

実際の鷹もいいが、夢の鷹は、何か嬉しいことがあるというわくわく感がいい。

884

水仙や　しろき障子の　とも移り

水仙の花と障子の白さが、映え合って美しいこと。

月も白　槍水仙の　東勝寺

月に水仙の花も白く、菩提寺は惣五郎殿の清き心を照らしている。

885

其のにおい　桃より白し　水仙花

水仙の花の白さは、桃よりずっと美しい。

カオスにも　世尊祈りし　白い夜も

混沌とした御時世にも、天の川のように明るい夜も、釈尊は常に祈られておられます。

886

はつゆきや　幸い庵に　まかりある

ようよう初雪となったが、折良く私は家に居合わせました。

入るかや　挨拶回り　雪餡に

旅から戻ってきたので、近所に挨拶をしに行ったこの家の主が、なかなか帰ってこないのは、この初雪の話が原因でしょうか。

887

はつゆきや　水仙の葉の　たわむまで

初雪で庭の水仙の葉が、たわんでしまいました。

早稲の畠　梅雨すんで早や　息のまむ

もう梅雨が終わったと思ったら、一寸見ぬ間に青々とした田になっていた。

※「畑」は焼き畑が由来。「畠」は水田も含むようです。

888

面白し　雪にやならん　冬の雨

面白いよ、冬の雨が雪になるぞぉ。

湯屋雨に　風呂敷ゆらし　女物

銭湯の帰り雨となり、風呂敷を頭にかぶり、急ぎ足で着物があまり濡れないよう帰って行きました。

889

初雪に　兎の皮の　髭つくれ

初雪だよ、兎の皮でつけひげを作って転げ回りたいな。

月揺れつ　うさぎの皮の　剥(は)げ引くに

兎のふる里の月も、兎の皮を剥がされはしまいかと大変、心揺れています。

890

初雪や　いつ大佛の　柱立て

初雪が大仏さまにかかっています。お堂はいつできるのでしょう。

腹出しつ　いつはいだのや　雪つぶて

全く子供達は元気で雪合戦に夢中。濡れた服が脱ぎ捨ててある。

891

はつ雪や　聖小僧の　笈の色

初雪が降る中、行脚僧の笈の色があせて、旅の長さを物語っている。

色羽織　地蔵の聞こゆ　いつの日や

赤いちゃんちゃんこを纏って、弥勒菩薩の出現までこの世を守るお地蔵様は、弥勒様がお出ましになる日を、おわかりになっていらっしゃるのでしょうか。

892

雪をまつ　上戸の顔や　いなびかり

お酒を飲みつつ雪を待つ者に、時折稲光が走る。

香を帯びつ　雪の腕や　孫瓜女

雪の日に、瓜実顔をした孫娘と、腕を組んで歩きました。

893

初雪や　かけかかりたる　橋の上

作りかけの橋の上に、初雪が下りて来た。

案山子立つ　母の帰りや　尋ける夕

夕方、母を迎えに来て、案山子にそろそろ仕事が終わるかと聞いてみました。

894

たわみては　雪まつ竹の　けしきかな

この絵の竹は、よくしなって雪を待っているようだ。

〔柏長(た)け　名は三桁の間　生き尽きて

百畳敷のしつらえもよく、誠にすばらしいお座敷である。（三桁の間＝百点満点の間）。〕

895

霰(あられ)まじる　帷子(かたびら)雪は　こもんかな

帷子にかかった雪はあられが散り、まるであられ小紋になった。

〔あらたまらん　これは指鳴る　鰍肝(かじかきも)

この鰍汁のおいしさは、また格別だなぁ。〕

896

時雨をや　もどかしがりて　松の雪

松にいくら雨がかかっても、色はつかない。だから松はじれて雪化粧をしてしまったのか。

〔やどりがを　時雨ゆきても　鹿の待つ

雨宿りをしていた鹿が、降り止んでもどうしたことか、まだ誰かを待っている。〕

897

しおれふすや　世はさかさまの　雪の竹

子に先だたれた貴方の姿は雪のため、竹がしおれて逆さまに曲がっているのと同じようだ。

〔夜更けの坂　折れ指す山は　雪の下
夜も更けて坂を下り曲がれば、雪の下の花に似た、大文字の山焼きが輝いていた。〕

898

波の花と　雪もや水に　かえり花

海に降る雪は、水に戻り、波の花となって返り咲くのだろうか。

〔花に実とも　見えなき馬鹿の　柚子なりや
実がなるまで十八年もかかる、柚子馬鹿といわれる柚子の類いか、この私は。〕

899

富士の雪　盧生（ろせい）が夢を　つかせたり

富士が雪に覆われた姿は、かの盧生が夢で築かせた白銀の山のようだ。

〔月の府を　盧生が夢路　行かせたり
月の都を、盧生が夢でご案内いたしました。（盧生＝「邯鄲（かんたん）夢の枕」の主人公）〕

900

今朝の雪　根深を薗(その)の　枝折(しおり)哉

今朝の雪では辺り一面の白。わずかに葱の頭が出て目印になっている。

> 雪かぶり　おけさの園を　音(ね)の悲し
>
> 雪の降るこの佐渡のおけさのおどりや歌も、何となく悲しい一面が感じられるのは不思議です。

901

雪の朝　独り干鮭(からざけ)を　噛み得たり

貧しいけれど、薬のつもりで干鮭をわびしく食べている。

> 湯の帰り　鱈(たら)を噛みき朝　独り酒
>
> 朝風呂を頂き、鱈を噛みつつ一杯やりました。

902

黒森を　なにというとも　けさの雪

黒森といわれているが、今朝の雪で白森となった。

> もう泣く気　酒を友にと　囲炉裏の湯
>
> 囲炉裏で燗酒を飲み始めたら、もう泣き酒の友は湿っぽくなってきて、いやはやまいりました。

903

馬をさえ　ながむる雪の　あしたかな

この雪は、馬さえも一寸難儀だなぁという顔をしている。

まさかなる　雪を耐えなむ　あの牛が

ものすごい雪であったが、なんと牛が荷を引いて頑張ってくれました。

904

市人(いちびと)よ　この笠うろう　雪の傘

旅にも疲れてきました。雪の積もった傘を売ってしまおうかな。

雨露(うろ)左右(さゆう)　この世の機微か　才智かと

雨露の如く状況が変わるのも、この世の自然の趣なのか、それとも人のなせる業なのか。

905

雪と雪　今宵師走の　名月か

雪同士が反射しているのか、今宵は名月になりそうだ。

勤め止(よ)す　岩湯の香(か)濃い　雪景色

隠居の身分となり、ゆったり湯に入りつつ雪景色を見るとしよう。

906

君火をたけ　よきもの見せん　雪まるげ

せっかくきてくれたんだ、雪だるまの大きいのができるまで、君は焚火を燃やしてくれたまえ。

〔機嫌よき　着物見せる暇(ひま)　丈を見ゆ

呉服屋がお上手を言って、反物を見せながら、さりげなく私の丈を測っている。〕

907

京までは　まだ半空(なかぞら)や　雪の雲

京までは、まだ半分くらい来た所だが、空が一寸怪しくなった。

〔まだぞ雪　奈良の雲か　京までは

京都までは降らないでくれ。今の雲は奈良辺りか。〕

908

雪や砂　馬より落ちよ　酒の酔

下は砂地だから、馬から落ちても大丈夫だが、雪ですべるし酔いも覚める。

〔雪のよう　酔様(すいさま)よけや　おヨチなり

雪も降って来たし、酔った御仁がヨチヨチ歩きで危ないから、よけて通ってくだされ。〕

909

磨(と)ぎなおす　鏡も清し　雪の花

社殿の修復も終わり、鏡も磨き直した。折から雪も化粧にかかる。

木々の雪　重し屈(かが)みよ　花となす

木の枝に凍りついた雪が重く垂れて、花のようになって咲いている。

910

箱根越す　人もあるらし　今朝の雪

この雪の中を、峠を越す人もあるので驚いている。

箱根雪　人すら湿気(しけ)る　朝の菰(こも)

この雪では箱根は越えることができそうもないので、荷馬車の荷に菰をかけたりして、雪の対策に余念がない。

911

いざ行かん　雪見にころぶ　所まで

さあ出かけるぞ、雪だらけになって動けない所まで。

湯にざぶん　愉快でまろき　身と心

丸い桶湯なんて、おもしろくて、心までまろやかになる。

912 酒のめば　いとど寝られぬ　夜の雪

雪も降ってきて、今日は飲めども寝付きが悪い。

> 酒飲めど　犬らと寝る　雪ばれの夜（よ）
>
> 寒い夜で、酒飲んでも寒し、犬と一緒に寝た。

913 二人見し　雪は今年も　降りけるか

昨年二人で見たあの雪の景色を、今年も見られるだろうか。

> 降り降りし　雪は今年も　見かけたる
>
> その大雪に、今年もやはり出くわしましたよ。

914 少将の　あまの咄（はなし）や　志賀の雪

志賀の雪の中、おのがねの少将のことを、智月殿と話そうかな。（おのがねの少将＝『新勅撰集』にある「己が音に…」と詠んだ藤原信実の娘）

> あの志賀の　雪少々の　話山
>
> 志賀の雪も少なく、お陰さまにて積もる話ができました。

915

ひごろにくき　烏（からす）も雪の　あした哉

いつも憎らしく思う烏も、雪の朝見る風情は格別である。

【籠もなき　烏（からす）行く秋の　谷広し】

狭そうな谷も、籠に飼われている烏たちに比べれば、広々としたものですね。

916

尊さや　雪降らぬ日も　蓑と笠

小野小町の画像を拝見して、雪でもないのに、ちゃんと蓑と笠を纏い、用心の確かさに頭が下がる。

【讃岐（さぬき）かと　ふらと夕日も　里の宮】

ふっと金比羅様じゃないかと思うほど、里のお宮は佇まいも夕日もそっくりでした。

917

比良みかみ　雪指しわたせ　鷺の橋

湖の鷺よ、翼を並べ、雪のように白い橋を、比良山と三上山の間にかけ渡せ。

【雪の比良　鷺三上（みかみ）指し　橋渡せ】

比良の雪の日に、三上山を目指し、鷺が架け橋となれ。

918

雪ちるや　穂屋の薄の　刈残し

雪の中この枯れ薄は、祭りの穂屋を作ったときの刈り残した物か。

雪や散る　海苔干す岸の　すのこかや

もう海苔は干してないが、すのこに雪がぱらぱら落ちてきた。

919

庭はきて　雪をわするる　箒かな

庭をはきつつ雪を忘れ、ただひたすら箒(ほうき)を動かすのみ。（原句「箒」は「ははき」）

雪をはき　箒忘るる　手に若菜

遅い春の雪の間から、もう若菜が出ているのを思わず摘んで、お掃除は後回しとなりました。

920

あられきくや　この身はもとの　ふる柏(がしわ)

草庵が新たになっても、私は前の家にいるような気で、霰の音を聞いている。

秋は暮れ　霜が降る闇の　藁の床

秋とはいえ、霜が降るような真っ暗な夜に、ひとりぼっちで藁ぶとんで寝るのは辛いものだ。

921

琵琶行(びわこう)の　夜や三味線の　音あられ

三味線の音がけたたましく、かの国の琵琶行の夜を思わせる。

沙羅香(しゃらこう)の　夜やわれ蝉の　音あびん

私は沙羅双樹の花の香りが楽しみたかったが、座頭の三味線の激しい音は、まるで蝉の大啼きのようでした。

922

いかめしき　音や霰の　檜笠(ひのきがさ)

霰が笠に降りかかり、ものすごい音である。

あの音が　境や切れし　目の開き

自分が作っていた人との垣根が、あの一音で切れて目が覚めました。

923

いざ子ども　走りありかむ　玉霰

さあ子供らよ、あられの中を転げ回って遊べよ。

雨ざらし　どこも無理解　畑(はた)荒れり

江戸時代の飢饉(ききん)は、百回を優に越えた。人々の辛苦は想像を絶するものであったろう。殊(こと)に大黒柱のいない農家は悲劇であったろう。

924

あられせば　網代の氷魚を　煮て出さん

霰が降って来たら、近江の網代の氷魚を煮て出そう。

荷を降ろせ　鰺鯖あられ　天の日だ

思えば今日は天赦日（最上の吉日）だ。さあ大漁に感謝しよう。

925

石山の　石にたばしる　あられ哉

石山の石の上に落ちたあられは、跳ね返りがすごい。

やれ奈良の　会いたる鹿に　今しばし

やっと会えた奈良の鹿なのに、もう少し一緒にいたいんだけど。

926

雑炊に　琵琶聴く軒の　霰かな

雑炊を食べつつ、軒を打つ霰を琵琶の音のように聞いている。

庭ぞ秋　野のきび愁い　烏啼く

庭も秋、カラスに荒らされぬよう、早めに黍を収穫しましょう。

927

芹焼きや　すそわの田井の　初氷

香ばしい芹焼きが旨し。山裾の氷の張った田で取れた物とは信じられない。

鯛焼きの　裾の端瘦せり　五割落つ

この鯛焼きは、尻尾の先まで餡子が入っていないから、値段は半分だ。

928

櫓の声　波を打って腸氷る　夜やなみだ

腹に沁みて泣けてくるような夜の寒さの中、波に当たる櫓の音がする。

弥陀の名や　心打って終わるな　得よ波羅蜜多を

御仏の名を常に心に留めて、波羅蜜多の境地に至るよう努めてくだされ。

929

水苦く　偃鼠が咽を　うるおせり

買っておいた水はまずくなったが、偃鼠はそれによって咽をうるおしている。（偃鼠＝本来はもぐら）

水を背に　来る売り顔が　偃鼠どの

暑さの中を、天秤の後ろに水を入れ売りに来る人たちの顔が黒く焼け、えんそ様のようだ。

※水道水はそのままでは飲めず、現代では塩素で消毒しているので、「偃鼠」を「塩素」と字を変えれば、芭蕉の句はそのまま水道局の句として通用しそうです。

930

瓶破る(かめわる)　夜の氷の　寝覚哉

夜の寒さも一入(ひとしお)、瓶が割れる音もするが、そのまま寝てしまった。

割るるなよ　猫乗る瓶(かめ)の　お目飾り

自慢の焼き物を棚にのせて人に自慢をしようと思っていると、猫が焼き物の瓶に乗っていてびっくりです。

931

露凍て(つゆいて)　筆に汲(く)み干す　清水哉

水っ気のものは皆凍る中、墨に使う水だけは十分確保しました。

凍てつくな　水墨(みずすみ)に筆かて　湯欲し

そんな凍てつかないでくれよ、みんなも温(ぬく)もりが欲しいのだ。

932

一露も　こぼさぬ菊の　氷かな

一露も落とさない覚悟か、露を氷にしてしまっている。

月の来ぬ　去り行く人も　おぼこかな

若い娘たちが、せっかく集まったが、今夜は闇夜、お月さんも恥ずかしがって出てこなかったのかな。

933

月白き　師走は子路が　寝覚(ねざめ)哉

師走の月は白々と冴え、孔子の弟子の子路の廉潔さそのものだ。

【めざす櫓は　品川岸か　月寝しろ

深川から品川の海晏寺(かいあんじ)の紅葉を見に、舟で早朝出立した。月がまだ残っているので、寝ながら月を見てでくだされ。】

934

たび寝よし　宿は師走の　夕月夜(ゆうづくよ)

師走の夕月の夜、この宿でゆっくり休むことができそうだ。

【宿の湯は　侘しく歌寝　夜々涼し

旅の道中、大分暑さも収まりはしたものの、歌を口ずさんでも独り寝は寂しい。】

935

何にこの　師走の市に　ゆくからす

いくら師走で気ぜわしく人が往来しているといっても、用もないカラスまで動きまわることはないでしょう。

【何云わす　子すら行くのに　かの質に

子供すら質草にしたいほどなのに、見てくれ、俺は空巣(からす)だ。】

936

かくれけり　師走の海の　かいつぶり

師走に琵琶湖にいた、鳰（にお）がふっと水に潜った。

〔海入りか　師走のつけの　かくれぶり

かいつぶりにでも教えられたか、逃げっぷりの早いこと。〕

937

中々に　心おかしき　臘月（しわす）哉

師走は何かと気ぜわしいが、それも一つの風情か。

〔こころなし　何か気負わす　案山子かな

しっかり見守らねばという気負いが、案山子の顔に見受けられる。〕

938

から鮭も　空也の痩せも　寒の内

干し鮭も、布教中の痩せた空也も、いかにもガリガリ感が漂う。

〔熱燗や　うちらの痩せか　食うものも

食べるものもろくにないというのに、我が家の痩せたおとっつぁんが熱燗を飲んでいる。〕

939

雁さわぐ　鳥羽の田ずらや　寒の雨

冷たい雨に打たれて、田の中で雁が騒いでいる。

薔薇の香や　愛ずんと騒ぐ　あの集り

薔薇の香があまりにも香しいので、皆大喜び。

940

月花の愚に　針たてん　寒の入

寒に入りました。年中浮かれ歩いてみたが、そろそろ針治療でもするか。

愚放つ　祈りに乗りん　来たか破天

この愚と称する方の発句は、前人未踏の境地を築いた。神はそれを受け入れるであろう。

941

長嘯の　墓もめぐるか　はち敲

はち敲きの来るのを大分待ったが、遠くの長嘯（木下勝俊）の墓まで行ってきたのか。（はち敲き〈鉢叩き〉＝暮れの僧の念仏行）

長所もめ　ぐちるか母の　歌仇

嫁をもらったら、歌のうまい母より評判がよく、私の方が上手だなんて言い出して機嫌が悪い。

942

納豆きる　音しばしまて　鉢叩き

鉢叩きが来ました。音が重なるから、納豆の方は一寸待って。

春場となって　来ましたと　落ちし滝

雪も解けて、滝も春の模様替えをいたしました。

943

節季候の　来れば風雅も　師走かな

せきぞろが来る師走ともなれば、周辺も騒がしくなる頃合いだ。（※節季候は「節季に候」の意で、江戸時代の門付芸の一つ。師走に紙の頭巾と前垂れを付けて複数人で家々を回り、「めでたい」と囃しながら米や銭をもらって歩いた）

節季候の　福名ば申す　しわがれか

せきぞろが、もうしわがれ声になって、めでた言葉を大声で張り上げて行った。

944

節季候を　雀の笑う　出立ちかな

雀たちが盛んに囀り、せきぞろたちをからかっているように聞こえる。

すず愛でな　せきぞろたちを　笑うのか

ふる舞い酒を飲み、笑うせきぞろたちを、また目出度いと家人が笑う。（すず＝酒）

945

うとまるる　身は梶原か　厄払

嫌われ者の梶原景時じゃないが、厄介払いの乞食と同じような仕打ちをされている。

〔くじは買い　馬ばやるとか　腹見らる

くじや競馬などに夢中になるとか、偶然に賭ける者に、大切な仕事をまかされることはない。〕

946

旅寝して　みしやうき世の　煤はらい

旅中の自分は、この年末の煤払いも、他人事のように眺めるばかりだ。

〔旅の世や　煤浮き虱　跳ねて居し

忙しい旅を続けていると、煤は浮き立ってつかないが、虱はしっかり跳ねている。〕

947

これや世の　煤にそまらぬ　古合子

捨てたはずの古い蓋付きの器を、わざわざ送り届けていただき、誠に誠実な宿の主人だこと。

〔こごれる夜や　馬らに布す　伏し裾や

凍てつく寒い夜に馬たちに防寒用のジャケットを着せてあげたら、足を折り曲げて寝てくれました。（裾＝馬の足のこと）〕

948

煤掃きは　杉の木の間の　嵐哉

大掃除の季節となり、旅を続ける我が身には、杉の木の間の強い風も、煤掃きのように感じる。

［過ぎし間の　煤は木の葉か　奈良の秋

秋の奈良に少し滞在させていただいたが、煤といえば、わずか木の葉ぐらいか。］

949

煤はきは　己（おの）が棚つる　大工かな

いつもは他人の家を造る大工さんも、煤掃きの日は、わが家の棚を作っているのかな。

［花お好き　加賀の大工は　棚つるす

名工の誉れ高い加賀の大工は、気位が高いと聞いていたが思い違いでした。家では花を飾る素敵な棚ができました。］

950

くれくれて　餅を木魂（こだま）の　わびね哉

暮れも押し詰まり、世間では餅つきの音が木魂のように聞こえるが、自分は一人わびしく寝ている。

［灘をちび　蜘蛛の間暮れて　我（われ）猫か

猫が舐めるくらいの酒を飲み、蜘蛛の巣だらけの暮れとなった。］

951

有明も　みそかにちかし　餅の音

有明の月も日を追って細く、晦日も近くなり、餅つきの音がしている。

晦日明け　青海苔もしか　ちと餅に

正月になり、このところ乾海苔ができたというので、手に入ったら噂の磯辺巻きにして食べてみたいものだ。

952

半日は　神を友にや　年忘れ

神域で歌詠み会を開くということは、神様と半日遊ばせていただくことか。

時間早や　年を忘れ　罪はともに

年をとると、時間はとても早く感じられる。年齢も時として忘れがち、肝腎の悔い改めることも忘れがちになってしまう。

953

人に家を　買わせてわれは　年わすれ

私をもてなしてくださるために、新築されたのか。年忘れを楽しませていただいた。

我に末を　と言わせて人　別れしは

人に末を約束させておいて、今になってさよならなんて。

954

魚鳥の　心はしらず　年忘れ

魚や鳥はともかく、このように風雅の友とすごす年忘れは、人にはわからぬ楽しみである。

〔追う鳥の　心寿司とは　我知らず

追っても追っても鳥が来るのを、私の食べている巻寿司のせいだとやっとわかり、お裾分けしました。〕

955

せつかれて　年忘れする　きげんかな

早くやろうと、せっかれて忘年会をやったが、楽しかったね。

〔忘れてる　歳せつかれ　好かな機嫌

せっかく年を忘れているのに、好かんことを聞くものだ。〕

956

年の市　線香買に　出でばやな

暮れとて何の用意もできないが、香でも買いに出かけるとしようか。

〔年のせい　晩鯉煮なや　市で買う

年を取ってしまい鯉釣りにも行けず、買った鯉で鯉こくでも作って食べよう。〕

957

須磨の浦の　年取ものや　柴一把（しばいちわ）

海岸に見える一束の柴は、須磨の浦の年越用のものなのだろうか。

〔
薄し山の　一羽の鳥も　野鳩らし

日暮れになり、遊んでいて一羽残された鳩か、急ぎ飛び立った。
〕

958

梅つばき　早咲ほめん　保美（ほび）の里

上皇様もおほめになった、保美の里（愛知県渥美）の梅や椿の早咲きは、さすがに見事である。

〔
早やほめき　梅つばきの座　保美豚（ほびとん）さ

もはや保美の里の名物は、梅つばきから完全に保美豚（ほびとん）に移っております。
〕

959

香（か）を探る　梅に蔵見る　軒端哉

香に誘われて梅の花を探し、蔵の軒の辺りで見つけました。

〔
生（き）の香をば　梅探るなか　蔵に見る

梅の木を探していて、生一本の香を蔵で見つけました。
〕

960

打ちよりて　花入探れ　うめつばき

梅椿の時候、今日は皆集って生け花を愛(め)でるとしよう。

浮き草よ　いつ花売れて　鏤(ちりば)めれ

今は浮き草のような生活をしているお前さんだが、いつかは名も売れて、人生の花が咲き誇ることであろう。

961

春やこし　年や行(ゆき)けん　小晦日(こつごもり)

小晦日が立春と重なった今日は、年が暮れたというべきか、春が来たというべきか。

今夜雪　しもやけ懲りる　初仕事

正月なのに明日は雪だろう。しもやけが治ったというのに、また雪下ろしか。

962

なりにけり　なりにけりまで　年のくれ

謡曲の文句じゃないが、やっと暮れになりにけりですね。

負けで尻　苦の理に泣けり　トリになれ

失敗すれば評価はされなくなったが、その原因を自覚し、汗かき努め一廉(ひとかど)の者になり給え。

963

わすれぐさ　なめしにつまん　年の暮

年の暮れに、勿忘草(わすれなぐさ)を摘んで菜飯にして、一年の憂さを忘れよう。

為(な)さんのに　恵まれし　我尽くす年

世の為に何もしてこなかった今年ですが、お陰さまにて無事に年を越せました。来年こそは今年の恩返しをさせていただこうと願います。

964

年暮れぬ　笠きて草鞋　はきながら

笠をとり草鞋を脱いでゆっくりすることもなく、今年も過ぎてしまいました。

落書きと　別れて咲きぬ　名は知らじ

子供の頃は落書きばかりされて困ったが、世に認められるような画家になっていたとはねぇ。雅号じゃわからなかったよ。

965

めでたき人の　かずにも入らむ　老いの暮

人の手を借りることが多くなって、年寄りの部類に入れてもらい、年を越すとしましょう。

老いらくの　生き方も愛(め)でずに　人の群

さすがと褒めてやりたいところだが、まだ年寄りの仲間に入れるには、今少し若すぎるので、今回はひとまず取り沙汰しないでおきましょう。

966

月雪と　のさばりけらし　年の暮

暮れになり、思えば月だ雪だと、勝手なことをした一年でした。

しとと雪　乗れり椿の　咲くけらし

はげしく打ちつける雪に耐えた寒椿も、そろそろ咲くようだ。

967

ふる里や　臍（へそ）の緒になく　年の暮

正月を前に、親がしまっておいてくれた臍の緒を見て、親を思い涙ぐみました。

来る里の　荷を解く馴れし　祖父の部屋

久しぶりに故郷に帰り、可愛がってもらった祖父の部屋で荷を解き、お灯明をつけました。

968

皆拝め　二見の七五三（しめ）を　としの暮

暮れに、新しい二見浦の注連縄（しめなわ）を見て、拝みましょう。

波暮れし　二見の七五三の　夫婦（めをと）顔

夫婦岩なのに、朝から晩までずっと見つめられ、やっと暮れてきて、夫婦らしい時間を持つことができました。

969

蛤（はまぐり）の　生ける甲斐あれ　年の暮

年の暮れになり、やっと蛤の出番となりました。ご期待に添えるようがんばります。

あけるかと　祈れ蛤　意志の暮

暮れまでは、断じて口を開けるものかと頑張っている蛤君、あっぱれ。

970

分別の　底たたきけり　年の昏（くれ）

やりくり算段を重ねて、やっと年の瀬を迎えることになりました。

蒲団食べ　暮れの月こそ　楽しけり

蒲団を質に入れ蕎麦を食べるなんて、冬の月も面白がっているだろうねぇ。

971

古法眼（こほうげん）　出どころあわれ　年の暮

年末の市に金策に困ったのか、狩野元信の画が出ていて驚いた。

方言で　あの頃詳わし　これとどれ

暮れのボロ市で、客の方言で同郷の人とわかり、話がはずんで客の手が止まって商売にならなくなった。あとどれを買ってくれるのかい。

972

盗人（ぬすっと）に　逢うた夜もあり　年のくれ

顧みればこの一年、泥棒にも遭ったし、なにしろ慌ただしかったこと。

青丹よし　すっと暮れぬと　森の唄

山の多い奈良は、日が暮れだすとあっという間に暗くなり、森の中の鳥たちのさえずりが始まる。

973

石枯れて　水しぼめるや　冬もなし

川辺の水も干上がり、冬の景色も台無しです。

石積みも　冬してやれる　目星かな

庭の冬支度で、雪水の流れをよくしようと、石を積み上げかさ上げをしたりして、庭の崩れを止める目星がついたようだ。

974

明けぼのや　しら魚しろき　こと一寸

夜明けに白魚漁を見たが、一寸ほどのピチピチした水揚げは、朝に相応（ふさわ）しい。

薄らしし　今夜朧（おぼろ）の戸　明け一気

動きの鈍い猪との情報だ。朧月夜が明けたら、すぐ一気に捕獲に行こう。

975

冬の日や　馬上に氷る　影法師

冬のやわい日差しの中、馬上で私の凍り付いたような影が見える。

負う父母に　喩城偲ばる　日陰小屋

老いたる父母の背中の薪に、ふっと法華七喩の一つ「化城喩」の中で、導師が仮の城を作り休ませてくれた話を思い出し、今は暑さを一寸やわらげる日陰小屋でも見つけられたらなぁと思う。

976

冬庭や　月もいとなる　むしの吟

冬の庭に糸のように細い月が出て、啼いている虫の声も何となくか細く聞こえる。

冬柳　鶴にも生きん　永遠のむし

か細い声の虫とはいえ、ちゃんと冬から春まで、いや、もっとがんばりますよ。

（注　柳は十二月、鶴は一月。花札）

977

月やその　鉢木の日の　した面

月を見ていると、芭蕉の弟子沾圃の父の能役者が、面をつけないで演じた在りし日の謡曲「鉢の木」のシテを思い出す。

月の園　鉢の木の火や　した面

演じられている鉢の木のした面に、あの鉢の木の燃える火かと思うほどの輝く月の光が皓々と照らされていた。

978

月華の　是やまことの　あるじ達

山崎宗鑑、荒木田守武、松永貞徳の三翁が、俳諧の本当の中心人物であろう。

〔木の葉取れ　主なき家の　待ち火燵

秋も深まり、主を失った家のひっそりとして、部屋のなかに火のない火燵が寂しそう。〕

979

月花も　なくて酒のむ　ひとり哉

この絵の中の人は、月や花を賞するでもなく、一人酒を楽しんでいるようだ。

〔人去りて　はなむけもなく　月の中

お別れに何のお餞別も差し上げられませんが、道中の無事をお月様にお願いしています。〕

980

月か花か　とえど四睡の　鼾哉

月と花とどちらがいいかの質問に、豊干禅師・寒山・拾得と虎の絵の四者は、そんなことはどうでもいいとただ鼾をかいて睡っているだけだろう。

〔四睡　かかないびき　月問え　喉か鼻

四者とも、睡るが如き深い瞑想の中にある時は、鼾はかかない。お月様に聞いたら、鼾は喉か鼻の病のある人か、虎じゃないかと。〕

981

物はしや　袋のうちの　月と花

布袋様の袋には月や花もあるようで、風雅のたねを見たいものです。

夏欲しや　くろの鉢もの　生の豆腐

夏に食べたくなるのは、もちろんのどぐろ、生の豆腐ですね。

982

歩行ならば　杖つき坂を　落馬かな

さらばなら　杖をばつくか　近き仲

杖で越えられるような杖つき坂を、わざわざ馬で行って落馬してしまった。

親しい友との別れ際に、杖を持って行けよと言われ、この杖を頂いた。

983

あさよさを　誰まつしまぞ　片ごころ

真心を　待つ沙汰よかれ　あしたさぞ

朝に夕べに誰かを待っているといわれる、松島への片思いに大変惹かれて行きたくなる。

私の一生のお願いを申し入れたが、明日返事をしたいとのこと。私の真心が通じますように。

984

行く末は　誰が肌ふれむ　紅の花

紅花の私は、この先どなた様のお化粧のお役に立ちますのやら。

〔誰が肌えに　触れむ行く　花のすべは

花の私には、人様をえり好みすることはできません。こうして咲いたからには、どなた様かのお役に立つためなのです。〕

985

まいらどに　つたはいかかる　よいのつき

宵闇せまる中、舞良戸（まいらど）に蔦がかかって、良い月の風情である。

〔蔦酔いか　舞良戸二階　春の月

蔦も酔ってしまったのか、それとも舞良戸より二階のいい場所で、お月様を見たいと思ったのか。〕

986

鷺の足　雉脛（きじはぎ）長く　継添（つぎそ）えて

鷺のような長い足には及ばない、自分は雉子の短い足ではあるが、なんとかして少しでもそれを補いたいものだ。

〔足継ぎ　映えて義足が　雉鷺の名

足継ぎ用の義足がとても良い評判になり、商品名も雉鷺という名称となりました。〕

987

犬と猿の　世の中よかれ　酉の年

犬猿の仲でも、干支にはちゃんと酉が仲立ちとして入っているではありませんか。取りもち役があって、世の中が円滑に動くんですね。（芭蕉十四歳の処女作）

［仲の良い　酉の世の鶏冠　知れぬると

仲を取り持つ仲人の役割も、酉の逆鱗に触れると大変なことになることを心得ておいてくだされ。］

註・「古池や」の句について

禅宗によると、この句は芭蕉の禅の師、鹿島の根本寺の仏頂和尚が、江戸深川の臨川寺におられた頃に、突然芭蕉の庵を訪ねられて、歓喜して出迎えた芭蕉に禅問答を仕掛けられ、そのときに生まれたものが、「古池や」の句の基であるといいます。

和尚が玄関先の輝くばかりの苔を指し、

「如何なるか青苔未生前の仏法」と発した問いに、芭蕉が、

「蛙飛び込む水の音」と応えたものであるということです。

この問いに直ちにこの「蛙」が出たとすれば、「空即是色」と即答したことになるのでしょう。

「空」という概念は、いろいろあると思いますが、天上界の想像もつかない万象万物を生かし給う神仏の、永遠不滅の世界を言われるように感じる時もあれば、私どもが、関わり知らぬ絶対無の状態とおぼしき時もあれば、また単に具象化される前の人の考えなどとされる場合もあると思います。もし神仏の世界であれば、何故か身の引き締まるものを感じました。

芭蕉のことは、多くの方が研究され尽くしておられますことを百も承知の上、厚かましくもこの句に関して私の感想を述べさせていただくことをお許し願います。

命に限りある身が、この世における本当の生き方について知りたいと願うことは、万人の望むところでありましょう。

芭蕉も若い頃から発句という縁を通じ、目に映る対象物と心の交流を持たれ、そこから目に見えない大

自然の意志とエネルギーの理解を、禅に求められたように感じます。俳諧と同様、その熱心さと禅的素養のすごさに、仏頂和尚に認められ「ひとり開禅の法師」と称されるほどの境地を持っておられたと伺いました。

魂の修行のためにこの世に生まれたとはいえ、肉体の生死を問わず、同じ「空」の世界から出られないとすれば、人は魂として不滅の存在ということになります。ただ、空に関わると「空即是色」といわれる如く、新しい場と事態が生じます。「空」には「空」が必然的に求める色があるようです。その色を仏頂が芭蕉に問うたのでしょう。

つまり、天上界の大菩提心（ぼだいしん）のみ光り輝く大調和の世界のことでしょう。「空」を支配する天上の世界にも、多くの次元がありそうに感じます。「洗濯場」が幾つかあって、地球もおそらくその一つではなかろうかと思います。苦界とか、忍土とか、娑婆（しゃば）であるとか言われるこの地球は、前世における後悔とこれからの願いを持って、魂磨きのために生まれる所だと聞きます。

横道にそれましたが、芭蕉へのそもさんは、

「空の世界とは、如何なるものか」とお聞きになられたように私には思えました。

それに対し、

「観音様はもとより、諸霊諸仏のあらゆるものを生かしたもう御心溢（あふ）れるお働きの場所です」と応えられたものと感じました。禅で言う「往相（おうそう）」が、この句に感じられます。

蛙（かえる）は、皆様もご承知の通り音を立てて飛び込むことはごく稀（まれ）で、餌を見つけたり、彼女の所に行くような時に飛び込むようであります。芭蕉は、実は蛙も池も見ず、飛び込む音も耳では聞いていなかったと思います。しかし、これは芭蕉がお嫌いな虚構といいますか、真実でない風景を詠（うた）ったものではないと考え

たいのです。

これこそ、芭蕉の求める本当の風景が、時空を超えた真実の世界として芭蕉の脳裏に漂い、また仏頂和尚の問いかけを芭蕉の魂が予め判っていた。所謂「啐啄同時」に口から飛び出したものと思うのです。神仏が、予め用意してくださる言葉が、求道の道行きの中にはあると思います。

私は、我が人生の師であります髙橋佳子先生より、かつて観音という御仏の一つの働きについて「サイレント・コーリング」という言葉をもってお教えいただきました。「観音」の音とは、耳で聴くものではなく、神仏のかそけき「呼びかけ」や「うながし」であり、己の菩提心にて魂で承ることを観と称するのでしょう。

俳諧の達人なればこその、芭蕉の求道の道行きを奥深く感じさせていただきました。

蛇足ながら、古池の句には「還相」も入っているに違いないとの思いから、パッチワー句で作って見ました。

訪づるとこびず闇飲む深い訳

意味は、「これからお前がまた生まれ行く娑婆という所は、地獄のような所である。そこで飲まされる辛苦の水は、欲しがって飲むものではなく必然的に飲んでしまうものだ。心せよ、それは、神仏とお前との間で約束した魂の修行のために必要不可欠の苦い飲み水である」

また、古池の句で驚かされたことは、この句の池の主はビートルズであったということです。まさかこの句にビートルズという音が入っているとは思いませんでした。

もう一つ、ビートルズの解散後、一九七一年一月にジョン・レノンとオノ・ヨーコが来日、京都や藤沢に行きロンドンに帰る少し前に、東京湯島の「羽黒洞」という骨董店で、他の物には目もくれず、こともあろうに、あの「古池や」の真筆の軸を二百万円で手に入れられて喜んでお帰りになったということであります。

ジョン・レノンは、また日本文化に憧れ禅や俳句も学ばれ、ご自身の作詞作曲にも随分影響されたといいます。とても因縁めいていていて、彼は芭蕉の生まれ変わりではなかろうかと、ちょっと思ったりいたしました。

付録　弟子たちのパッチワーク句

1

剃り捨てて　黒髪山にころもがえ　　曽良

旅立ちにあたり剃髪僧衣に衣替えをした。二荒山が日光山と衣替えしたように。

〔山燃えり　手紙隠す　頃にて候

山も年頃なのでしょうか。真っ赤になって恋文を隠すような美しい肌合いを見せております。〕

2

かさねとは　八重撫子の　名成るべし　　曽良

馬にまたがれば　馬が勝手に道案内をするという農夫の幼児がついてきたので、名を聞いたら可愛らしく花で云えば撫子というべきところかな。

〔鹿鍋は　餌となるのや　なでし猫

猫たちと遊んでいるうちに、食べようと思っていた鍋の鹿肉がほとんどなくなってしまった。〕

3

卯の花を　かざしに関の　晴着かな　　曽良

白河の関越えに古人が正装したそうですが、私は道に咲く白い卯の花をもって晴れ着としよう。

〔萩の花　うれしき背なに　かかの座を

萩の花咲く頃には子供ができて、嫁の立場も安泰となりました。〕

4

武隈の　松みせ申せ　遅桜　　挙白

江戸の遅桜さん奥州の遅桜さんに伝えてよ、芭蕉師に是非武隈の松を見てねと。

〔松茸　そう急くも　おませ桜のみ〕

なんとまあ。そうせかさないでくださいな。今はまだ早咲きの桜の季節ではありませんか。

5

松嶋や　鶴に身をかれ　ほととぎす　　曽良

松嶋の風景に最も相応しいのは鶴。だからほととぎすよ、鶴の衣を借りて啼いてよと。

〔待つや戸を　巣に鳴とまる　髪ほつれ〕

鳥でさえ巣に毎日帰るのに、少しやつれてしまったかな。わが夫はいつになったら戻ってくれるのだろうか。風の音にひょっとしたらと思ったら、巣に留まる鴫の羽音でした。

6

卯の花に　兼房みゆる　白毛かな　　曽良

卯の花を見ていると、十郎権頭兼房は源義経の家臣であったが、白髪を振り乱し、義経一行の最後まで見取り、奮戦し、討ち死にした姿を思ってしまう。

〔何かしか　儚さ増ゆる　うらの峰〕

そういえば、なんとなくさえないねえ、後ろの山は。

7

蚕飼（こかい）する　人は古代の　すがた哉　　曽良

この土地の蚕を飼っている人々の素朴簡素な姿は、古代の習慣を偲ばせる身なりだ。

［傍い　蚕（こ）がいる　絲（いと）出す　この姿
いくら糸を取りやすくするからといって、明日は釜ゆでになる身とは、気の毒。］

8

湯殿山　銭ふむ道の　泪かな　　曽良

参道に散るお賽銭を踏み、湯殿山に参詣するにつけ、俗世を越えた神域の尊さに涙する。

［無知の身に　何故だか踏みな　湯殿山
なぜ参道のお賽銭を踏んで行くのか解ってきます。そのままお進みください。
世の中、お金がすべてではない。心が第一ということが解ってきます。］

9

象潟（きさがた）や　料理何くう　神祭　　曽良

象潟のお祭りでは、魚が食べられないので、困ったな。

［食う悩み　象潟祭　　蟹料理
熊野権現のお祭りに魚を食べることが禁じられているらしいが、蟹などは神様のご機嫌をそこなわないだろうか。］

10

蜑(あま)の家や　戸板を敷きて　夕涼み　　低耳

海士たちの夕涼みは、板戸一枚浜に敷いて楽しんでいるようだ。

蜑(あま)の湯や　戸板をしてず　薄き闇

見ていた人に、ほんのりと沸き起こる心の闇。

11

波こえぬ　契(ちぎ)りありてや　みさごの巣　　曽良

浮気をしない鶚の番いには、遠くまで行かぬ約束でもあったのか。いつも仲良しだ。

波越えり　捨てぬ契りや　あのみさご

波越えぬ契りは、子供が育つまで。あれを見てください。親子で波の向こうまで飛び回っているではありませんか

12

行き行きて　たおれ伏すとも　萩の原　　曽良

勝手に先に行って途中で倒れたとしても、心はいつも師と共にあります。

倒れても　母雪と伏す　気の揺らぎ

雪の多いこの国での一人暮らしは辛いけれど、ここから離れて暮らすのも切ないと、母親の迷い言。

13

終宵(よもすがら)　秋風聞くや　うらの山　　曽良

一晩中、裏山から吹き下ろす秋の風音が強くて寝られなかった。

〔秋物や　浮世柄やす　風枕

この世に住めば、土地柄、時代柄にも染まる風も秋の季節柄と思し召せ。〕

参考文献

雲英末雄、佐藤勝明訳注『芭蕉全句集』（角川学芸出版）

髙橋佳子著『サイレント・コーリング』（三宝出版）

秋月龍珉著『一日一禅』（講談社）

花山勝友著『図解　禅のすべて』（光文社）

この度の『芭蕉のパッチワーク句』の出版に当たりまして、株式会社文芸社出版企画部・岩田勇人様、また、ことのほか編集部・吉澤茂様には大変御指導、御鞭撻を賜りましたことに厚く感謝を申し上げます。

また、出版を心待ちにしていた、今は亡き妻・西條絢子にこの本を捧げたいと思います。

著者プロフィール

西條　登志郎（さいじょう　としろう）

昭和８年生まれ。
東京都出身。
昭和31年、早稲田大学法学部卒業。
平成30年まで、社会保険労務士業。
趣味　人名等の読込詩作、カッパの研究。

芭蕉のパッチワー句

2023年７月15日　初版第１刷発行

著　者　西條 登志郎
発行者　瓜谷 綱延
発行所　株式会社文芸社
〒160-0022　東京都新宿区新宿１－10－１
電話　03-5369-3060（代表）
03-5369-2299（販売）

印刷所　図書印刷株式会社

ISBN978-4-286-24186-9